KB121467

로크미디어가
유혹하는
재미있는 세상

ROK
로크미디어

만렙닥터
리턴즈

만렙 닥터 리턴즈 13

2022년 12월 14일 초판 1쇄 인쇄
2022년 12월 19일 초판 1쇄 발행

지은이 13월생
발행인 김정수 강준규

기획 이기헌 왕소현 박경무 강민구 조익현
책임편집 주현진
마케팅지원 이원선

발행처 (주)로크미디어
출판등록 2003년 3월 24일
주소 서울시 마포구 마포대로 45 일진빌딩 6층
Tel (02)3273-5135 Fax (02)3273-5134
홈페이지 rokmedia.com E-mail rokmedia@empas.com

ⓒ 13월생, 2022

값 9,000원

ISBN 979-11-354-8053-9 (13권)
ISBN 979-11-354-7400-2 04810 (세트)

만렙닥터

13월생 현대 판타지 장편소설 ⟨13⟩

리턴즈

Contents

장이야? 멍이야? (3)

주현진 병실.

마길상 할아버지를 만나고 난 후, 난 곧바로 주현진이 입원해 있는 병실로 향했다.

"주현진 환자분! 저 왔어요."

"선생님!"

내 모습이 보이자 주현진이 몸을 일으켜 세웠다.

"아뇨! 그냥 누워 계셔도 됩니다."

"아니에요. 전 그냥 앉아 있는 게 더 편해요."

주현진이 흘러내리는 머리카락을 쓸어 올렸다.

"컨디션은 좀 어떠세요?"

"아주 좋아요. 그나저나 제가 이렇게 좋은 병실을 써도 될까 싶네요."

주현진의 병실 역시 VIP 룸이었다.

"당연히 그러셔도 되죠. 큰 결심을 하셨는데."

VIP 룸에 입원시키지 않으면 수술을 받지 않겠다고 고집을 피운 마길상 할아버지. 신장 공여자를 향한 그의 배려였다.

"아, 네. 그냥 일반 병실을 써도 되는데……."

"아닙니다. 정말 어려운 결정을 하셨는데, 이 정도 호사는 누리셔야죠. 정말, 정말 어려운 결정을 하셨습니다."

"그나저나 아버님은 제가 신장 주시는 거 모르시는 거죠?"

주현진은 자신이 신장 공여자라는 걸 마길상 할아버지가 모른다고 알고 있었다.

"네. 그렇긴 한데, 그냥 밝히셔도 되지 않을까요? 환자분이 신장 공여자라는 걸요."

"아뇨. 그러면 어르신이 부담스러워하실 거예요. 끝까지 모르게 해 주세요. 그러실 수 있죠?"

"아, 네. 알겠습니다. 그렇게 하겠습니다. 참 좋은 분이세요. 환자분도 그렇고 선한구 씨도 그렇고……."

"에휴! 그런 소리 마세요. 자식 된 도리로 이 정도는 아무 것도 아니에요. 그나저나 제 신장이 아버님한테 잘 맞는 것 맞죠?"

교차반응 검사, 혈액검사, 24시간 소변 검사 등 수십 종의 검사를 무사히 마쳤다. 신장을 공여하는 데 아무런 문제가 없음에도 불구하고 여전히 불안해 보이는 주현진이었다.

"그럼요. 아무리 생각해 봐도 두 분은 전생에 모녀지간이었나 봅니다. 보통 이 정도로 적합도가 높기도 쉽지 않거든요."

"정말요? 진짜 다행이에요, 정말!"

주현진이 환하게 얼굴에 미소를 지었다.

"네. 거의 완벽해요. 이식수술도 우리 병원 최고의 간담췌이식혈관 교수님이 집도해 주실 겁니다."

"그렇군요!"

"그나저나 겁나지 않으세요?"

"왜 겁이 나요?"

"수술은 이번이 처음이시라면서요."

"아뇨. 하나도 겁 안 나요. 우리 진우 아빠가 저렇게 건강해졌는데 제가 왜 겁이 나요. 저 괜찮아요."

내일 수술을 앞두고 있음에도 불구하고 차분한 모습의 주현진이었다.

"네에. 크게 문제 될 건 없을 겁니다. 잠깐 주무시고 일어나시면 되세요. 나중에 저희 간호사 선생님들이 잘 보살펴드릴 거예요."

"네네, 수술이 잘되었으면 좋겠네요."

"그럼요! 당연히 잘되어야죠."

그렇게 주현진은 흔쾌히 자신의 신장 한쪽을 마길상 할아버지와 나눴고, 비로소 두 사람은 하늘이 맺어 준 부녀지간이 되었다.

3번 수술실.
그곳에선 국내 최고의 간담췌이식혈관 외과 교수 최충석 교수와 김윤찬이 스탠바이하고 있었다.
바로 그 옆 4번 수술방에는 주현진의 신장 적출 수술이 진행되고 있었다. 마길상 할아버지의 망가진 신장을 대신할 신장은 주현진의 왼쪽 신장이었다.

잠시 후.
─주현진 씨 신장 적출 방금 완료되었습니다! 신장 보낼게요!
바로 옆방에서 시작된 주현진의 신장 적출.
복부를 약 5~7센티 부분 절제하고 두 개의 복강경 구멍을 통해 기구를 삽입해 뇨관, 정맥 및 동맥을 절제했다. 곧 그녀의 건강한 신장이 적출되었다.
주현진의 신장 적출을 담당했던 비뇨기과 조철웅 교수의 목소리가 스피커를 통해 대기하고 있던 최충석 교수에게 전달되었다.
"조 교수! 사이즈는 괜찮지?"
최충석 교수가 인 이어를 통해 물었다.
─네. 사진으로 볼 때보다 상태가 더 양호한데요? 이 정도

면 이식하는 데 아무런 무리가 없을 것 같습니다.

"그래? 그거 듣던 중 반가운 소리구먼. 혈관 잘 다듬어서 가져오도록 해요!"

―물론이죠. 레날 아떼리(신장동맥), 레날 베인(신장정맥) 최대한 길게 뽑았습니다. 상태가 거의 완벽합니다!

"오케이! 수고했어! 사진상에서 레날 아떼리랑 레날 베인이 제대로 붙어 있어서 별걱정은 안 했어. 정말 수고 많았다, 조 교수!"

―네네, 그럼 잠시만 기다리십시오. 신장 바로 가지고 가겠습니다.

"오케이!"

잠시 후, 주현진의 신장 적출을 집도했던 조철웅 교수가 주현진의 소중한 신장을 가지고 수술방으로 들어왔다.

"아떼리(동맥) 싱글 맞지?"

보통 신장이식을 할 경우, 공여자 신장의 동맥, 정맥을 각각 한 가닥씩 남겨 놔야 했다.

모든 것은 완벽했으나 신중을 기하는 최충석 교수였다.

"그럼요. 상태랑 굵기를 전부 상태가 좋습니다."

"그래요. 좋습니다."

"네, 교수님! 그러면 수술 잘하십시오."

"그래요. 최선을 다할게. 수고했어."

지이이잉.

주현진의 신장을 공수한 조 교수가 수술방 밖으로 나갔다. 이제부터는 본격적인 신장이식수술이 시작될 차례였다.

　"김윤찬 교수! 우리 먼저 시작할게!"

　"네, 그렇게 하십시오."

　"후후후, 내가 신장 예쁘게 만들어 놓을 테니까 나머진 김 교수가 알아서 해."

　"네, 그렇게 하겠습니다."

　"오케이! 시작하지."

　"네."

　"윤 선생, 신장 좀 예쁘게 다듬어 보자."

　"네, 교수님!"

　신장을 이식하기 전, 이식하기 쉽게 혈관을 다듬는 일이 선행되어야 했다.

　이제 주현진의 건강한 신장은 마길상 환자의 기존에 있던 신장 앞에 이식될 것이다. 그에 반해 마길상 환자의 망가진 신장 두 쪽은 시간이 지남에 따라 그 기능을 상실하고 떨어져 나갈 것이다.

　그렇게 새로운 신장의 혈관을 정리하고 난 후, 본격적인 이식수술이 시작되었다.

　"박 선생, 레날 아떼리(신장 동맥) 묶어!"

　"네, 교수님."

　"야, 안 보여. 석션!"

"네, 교수님!"

드디어 시작된 신장이식수술. 레날 베인(신장정맥)을 연결하는 것에서부터 시작이었다.

신장이식수술은 생각보다 간단하다.

일단 마길상 할아버지의 레날 아떼리(신장 동맥)를 겸자로 묶어 피가 통하지 않게 해 놓은 다음, 주현진의 신장을 삽입해 정맥을 연결하고 동맥을 문합한다. 혹시나 새는 곳이 없는지 확인한 다음, 묶어 놨던 겸자를 풀어 피를 순환시키면 모든 것이 끝이었다.

잠시 후.

"흐음, 잘된 것 같은데?"

수술을 마친 후, 최충석 교수가 만족스러운 미소를 입가에 띠었다.

"고생하셨습니다, 교수님!"

"이제 김 교수가 실력 발휘를 해야 할 차례인 것 같은데?"

"네, 최선을 다하도록 하겠습니다."

"오케이! 고함 교수가 인정하는 흉부외과 에이스 실력 좀 볼까? 나, 안 가고 참관석에서 봐도 되지?"

"네, 편하실 대로 하십시오."

"그래그래. 고함 그 인간이 그토록 애지중지하는 자네 실력 좀 감상하자고!"

툭툭, 최충석 교수가 어깨로 김윤찬의 팔을 건드리며 수술
방을 빠져나갔다.

이제부터는 본격적인 심장 수술이 시작될 차례였다.

"윤찬아! 나 좀 떨린다."

본격적인 바티스타 수술이 시작되자 이택진의 목소리가
미세하게 흔들렸다.

"나도 떨려."

"아니, 그게 아니라 지난번에도 내가 아떼리(동맥) 날려 먹
었잖아. 후우……. 솔직히 그날의 트라우마가 몰려오는 것
같아."

확실히 바짝 긴장한 모습의 이택진이었다.

"후후후, 나도 그래."

"인마! 그게 웃을 일이야? 솔직히 오늘 수술은 진짜 피하
고 싶었거든."

이택진이 수술 상을 세팅하며 자신 없는 목소리로 말했
다.

"나도 그래."

"하아, 진짜! 인마, 지금 농담이 나와?"

"그럼 울까? 택진아! 트라우마를 떨쳐 내려고 노력하지

마. 그냥 있는 그대로 받아들이면 되는 거야. 아무 걱정 마. 네가 아떼리(동맥) 날려 먹으면, 내가 살리면 돼. 그러니까 마음껏 네 실력을 발휘해 봐."

"정말 내가 할 수 있을까?"

"어, 할 수 있어. 내가 아는 이택진이라면."

"네가 아는 이택진이 뭔데?"

"내 친구! 이 세상 그 누구보다 더 내 마음을 잘 읽을 수 있는 사람! 너 없으면 나 아무것도 못 해. 그러니까 나 좀 봐 주라, 응?"

"이렇게 말 잘하는 녀석이 그동안 왜 연애질은 한 번도 못했냐? 어지간하면 여자들 다 넘어왔겠구만."

어느새 긴장이 풀렸는지 이택진의 표정이 밝아졌다.

"야! 너를 어떻게 따라가냐?"

"나쁜 놈! 이제 이렇게 되면 빼도 박도 못 하는 거지?"

"당근! 이제 무조건 직진이야. 우린 최선을 다하고 결과는 신의 뜻에 맡기자."

"오케이! 네가 옆에 있는데 뭔 걱정이냐? 난 무조건 너만 믿고 간다."

"어? 그건 내가 할 소린데? 이번 수술 완전히 너만 믿고 간다, 택진아!"

참관실.

"저 새끼 뭐야? 이제 막 조교수 단 주제에 무슨 여유가 저렇게 흘러넘쳐? 완전히 고 교수 뺨치는데?"

참관실로 들어온 최충석 교수가 턱짓으로 김윤찬을 가리켰다.

"내 새끼라서 그래."

"헐, 지금 그 말이 개연성에 맞는다고 생각하냐? 무슨 대답이 그래?"

최충석 교수가 고함 교수 옆에 앉았다.

"내 새끼라니까? 그게 답이야."

"허허, 참! 이건 네 자랑질을 하는 거냐? 김윤찬이를 두둔하는 거냐?"

"둘 다!"

"하여간 흉부외과에는 죄다 사이코패스에 나르시시즘 환자네. 시간 나면 백 교수한테 가서 진찰 좀 받아봐."

백 교수는 연희병원 신경정신과 교수였다.

"그래, 시간 나면."

"하아, 진짜 못 말린다, 못 말려. 그나저나, 이거 어려운 수술인데 가능하겠냐?"

최충석 교수의 우려 섞인 목소리였다.

"내 새끼라니까?"

고함 교수가 미간을 잔뜩 찌푸리며 짜증스러운 어투로 쏘아붙였다.

"아, 알았어. 어디 좀 보자. 네 새끼가 얼마나 잘난 놈인지."

끄응, 최충석 교수가 턱을 매만지며 매의 눈으로 수술방을 응시했다.

뚜뚜뚜뚜.

"바이탈 체크 부탁드립니다."

"괘안테이. 김 교수. 실력 맘껏 발휘하래이."

마취과 장성용 교수가 고개를 내밀며 김윤찬을 향해 눈짓을 보냈다.

"네, 감사합니다. 교수님!"

신장이식수술이 완료된 상황, 이제부터는 복장뼈를 절개해 본격적인 심장 시술을 해야 하는 상황이었다.

"택진아, 가슴 좀 더 벌려야 할 것 같은데? 리차드슨(주걱 모양처럼 생긴 견인기) 잡아!"

"아, 알았어."

김윤찬이 눈짓을 보내자 이택진이 리차드슨을 환부에 넣고 가슴을 벌리기 시작했다.

"더 잡아당겨!"

"오케이!"

이택진이 힘을 주어 환부에 리차드슨을 걸고 잡아당겼다.

지이이이잉.

능숙한 솜씨로 흉골을 절개해 나가는 김윤찬.

마침내 페리카디움(심장막)이 완전히 열리면서 펄떡거리는 심장이 모습을 드러냈다.

"거즈!"

"네, 교수님."

거즈로 심장 표면을 닦기 시작하는 윤지원 간호사.

"하나 더요!"

"네, 알겠습니다."

그렇게 거즈로 심장 표면을 닦아 내자 마침내 라이트 아트리움(우심방), 라이트 벤트리움(우심실), 펄머너리 아떼리(폐동맥), 아올타(대동맥)가 김윤찬과 이택진의 시야에 잡혔다.

수술 전 모든 전제 조건이 갖춰진 셈. 이제 본격적인 바티스타 수술을 할 수 있는 상황이 마련되었다.

"잠깐! 윤찬아! 이, 이거, 뭔가 좀 이상한데?"

바로 그 순간이었다.

플루랄(늑막)이 완전히 개방되자 이택진이 손가락 끝으로 마길상 환자의 폐를 가리켰다.

"뭔데? 펌프 돌리다 보면 플루랄 캐비티(흉막강)로 피가 빠져나가서 용적에 다소 문제가……."

"아니, 아니! 지금 마길상 환자 폐 상태가 좀 이상한 것 같은데??"

이택진이 고개를 내저으며 목소리 톤을 높였다.

이택진이 헛것을 본 게 아니었다. 확실히 마길상 할아버지의 폐에는 문제가 있어 보였다.

"유, 윤찬아! 아무래도 이거 암세포 같은데?"

이택진의 동공이 마구 흔들리기 시작했다.

"……"

바로 그때였다.

─김윤찬 선생! 지금 당장 카메라 렁(肺) 쪽에 바짝 붙여 봐!

참관석에서 그 모습을 지켜보고 있던 고함 교수가 자리에서 벌떡 일어나 마이크를 집어 들었다.

"네, 알겠습니다. 교수님."

잠시 후.

눈매를 좁히며 스크린을 뚫어져라 응시하던 고함 교수.

─김윤찬 교수, 지금 저거 뭐라고 생각해?

김윤찬은 고개를 숙여 잠시 생각에 잠기더니 입술을 뗐다.

"글쎄요."

─글쎄요? 지금 그게 집도의가 할 소린가?

"죄송합니다."

여전히 김윤찬은 명확한 답변을 하지 못했다.

−그걸 지금 말이라고 하는 건가? 육안으로 보기에도 저거 스몰 셀 칼시노마(소세포암) 같은데?

고함 교수가 눈매를 좁히며 심각한 표정을 지었다.

"……."

−왜 아무 말도 없어? 저기 폐 중심부하고 기관지 쪽이 이미 다 먹혀 버렸잖아? 아무리 봐도 위치가 소세포암인 것 같은데?

소세포암.

암세포의 크기가 작아 소세포암이라고 부른다.

보통 폐암 환자 18% 정도를 차지하며 비소세포암에 비해 암세포의 성장 속도가 빨라, 발견했을 당시엔 이미 치료 시기를 놓칠 확률이 높은 암이었다.

암세포가 생긴 위치나 상태로 봤을 때 고함 교수의 판단이 맞는다면, 림프절과 혈관을 통해 이미 암세포는 다른 쪽 폐에도 전이가 되어 있을 뿐만 아니라 종격동이 먹혀 버렸을 확률도 높았다.

일반적으로 소세포암은 암 덩어리의 크기가 크고 회백색 기관지를 따라 덕지덕지 붙어 있는 경우가 많았다.

아무튼, 이택진이든 고함 교수든 마길상 할아버지의 폐를 살펴본 결과, 암세포만큼은 틀림없어 보이긴 했다.

물론 두 사람의 진단이 맞았다면 말이다. 맞았다면.

하지만 김윤찬의 생각은 두 사람과는 조금 달랐다.

ㅡ뭘 꾸물거려? 이택진이! 지금 당장 조직 절제해서 프로즌 섹션 바이옵시(동결 절편 생검) 안 해? 당장 해!

고함 과장이 버럭거리며 목소리 톤을 높였다.

"네, 알겠습……."

"과장님! 제 생각은 조금 다릅니다."

ㅡ뭐? 지금 무슨 소리를 지껄이는 거야? 당연히 FSB(동결 절편 생검)를 해 봐야지! 눈깔이 삐었어? 자신 없으면 내가 들어가서 해?

당장이라도 수술방 안으로 뛰어들어 갈 태세인 고함 과장이었다.

"과장님! 단언컨대 암 아닙니다. 게다가 지금 검사하고 그 검사 결과 나올 때까지 기다릴 시간이 없습니다."

ㅡ뭐라고? 암세포가 아니라는 건가?

"그렇습니다. 폐암 아닙니다!"

ㅡ그, 근거가 있는 거야? 내가 볼 땐 분명히 소세포암 세포 인데?

폐 중심에 위치한 암세포. 회백색을 띤 것으로 볼 때, 소세포암을 의심하지 않을 수 없는 상황이긴 했다.

"이 정도 크기의 암 덩어리였다면, 기관지 내시경에서 못 잡아냈을 리가 없어요. 게다가 브러싱(솔질)으로 기관지 주변을 쓸어 내 조직 검사를 해 봤지만 아무런 문제가 없었습니다. 암 아닙니다, 교수님!"

-······오진일 확률은?

"제가 직접 육안으로 확인했었습니다."

-그 말은 오진이 있을 수 없다는 건가?

"제 판단으론 그렇습니다. 게다가 더 확실할 수 있는 건 경피적 미세침 흡입 검사상 결과도 아무런 특이 사항이 없었습니다. 폐암 아닙니다."

김윤찬이 확신에 찬 어조로 대답했다.

-좋아! 스몰 셀 칼시노마가 아니라면 도대체 저게 뭐라는 거야?

고함 과장이 스크린에 비친 마길상 할아버지의 폐를 가리켰다.

"제 생각에, 알비올라 프로테이노시스(폐포 담백질증)인 것 같습니다."

-폐포 단백질증이라고?

"네, 그렇습니다."

폐포 단백질증은 인구 1백만 명당 3~4명 정도 발병하는 정도로 희귀한 병이었다. 심한 호흡곤란이나 기침, 미열 등의 증세가 있으나, 독특한 증세가 아니어서 진단을 하기 매우 까다로운 병이었다.

증상 또한 폐렴 혹은 결핵과 매우 유사하고 병리학적으로 고유한 특징이 없기 때문에, 일반적인 신체검사 시, 정상 소견을 보이곤 하는 병이었다.

이 때문에 나는 전폐 세척술(Whole lung lavage)을 할 생각이었다.

-폐포 단백질증이라는 근거는?

제가 수술했던 적이 있으니까요.

"스몰 셀 칼시노마가 아니라면, 그와 가장 유사한 게 폐포 단백질증이라고 생각합니다. 현재, 소세포암이 아니라는 건 확신할 수 있기에 그렇게 진단합니다!"

-너, 그거 책임질 수 있어?

고함 교수가 입술을 잘근거렸다.

"폐포 단백질이 아니라면, 가슴 닫아야 합니다!"

폐포 단백질증이 아니라 소세포암이 맞는다면, 지금 마길 상 할아버지의 컨디션을 고려했을 때, 소생시킬 확률이 거의 0에 가까웠다.

-그 소린, 운에 맡기겠다는 말로밖에는 안 들리는데?

"운이 필요하다면 바로 지금이겠죠. 어쩔 수 없이 운에 맡길 수밖에 없는 상황도 있습니다. 우리가 신이 아닌 이상이요."

-……좋아, 어떻게 할 셈이야?

고함 과장은 폐포 단백질증이라면 어떻게 치료를 하겠냐고 물었다.

"씻어 내야죠, 전부!"

—홀 렁 래비지(Whole lung lavage, 전폐 세척술)를 하겠다는 건가?

"네, 그렇습니다. 저한테 맡겨 주십시오."

—……음, 좋아! 네 환자니까 내가 알아서 해. 다만, 그 결과에 대한 책임은 온전히 네가 지는 거야. 지금이라도 늦지 않았으니까 자신 없으면 내려와. 내가 올라가서 메스 잡을 거니까.

"아뇨, 교수님 말씀대로 그 결과 제가 책임지겠습니다. 어차피 소세포암이 맞다면 우린 아무것도 할 수 없는 상황입니다. 폐를 살리면 심장이 죽고, 심장을 살리면 폐가 죽습니다. 제가 끝까지 책임지겠습니다."

—후우, 좋아. 어디 한번 해 봐.

고함 교수 역시 딱히 해결할 수 있는 상태가 아니라는 걸 알기에, 김윤찬의 제안을 받아들이지 않을 수 없었다.

"고 과장이 내려가 봐야 하는 거 아냐?"

김윤찬과의 대화가 끝나자 최충석 교수가 걱정스러운 어투로 물었다.

"……."

"이봐, 고 과장! 김윤찬이 이러다가 사고 치는 것 아냐? 만약에 소세포암이 맞으면 어떻게 하려고 그래? 차라리 폐암이라도 잡고 봐야 나중에 보호자한테 할 말이라도 있는 거 아냐?"

"폐 잡고, 심장 날려 먹어서 사망하면?"

"그, 그게. 그렇지만 그래야 의료 분쟁도 피해 갈 수 있는 것 아니냐고!"

"그렇게 의료 분쟁 피해 가면?"

"하아, 아, 몰라, 몰라! 흉부외과 수술이니까 당신들이 알아서 해!"

최충석 교수가 뒷머리를 긁적거리며 인상을 구겼다.

"내가 저 새끼, 내 새끼라고 했지?"

"그 말이 지금 왜 나와?"

"내 새끼가 잘못하면 부모가 책임지는 게 인지상정 아닌가? 문제가 생겨도 내가 책임질 거니까 신경 쓰지 마. 이 수술, 내가 허락한 거야."

"하여간. 너네는 무슨 조폭도 아니고, 사이비 종교 집단도 아니고 뭐가 그렇게 끈끈해?"

"후후후, 그러니까 너네 과 나부랭이들이랑 비교하지 마. 우리 흉부외과야! 너, 그렇게 부러우면 지는 거다?"

"부러워? 솔직히 난 너희가 무섭다, 무서워! 뭔가 전부 제정신이 아닌 것 같아."

최충석 교수가 고개를 절레절레 흔들었다.

수술방.

"윤찬아! 어떻게 하려고 그래?"

이택진이 걱정스러운 표정을 지우지 않으며 말했다.

"지금부터 폐 전체를 씻어 낼 거야."

"전체를 씻어? 뭘로?"

"생리적 식염수!"

"후우, 식염수로 저걸 다 씻어 내겠다고?"

"그래."

"그러니까 지금 내 눈에 보이는 저 회백질 암 덩어리가 전부 단백질이라는 거지?"

"암 덩어리 아냐."

"암 덩어리가 아니다? 화, 확실하냐?"

"지금 그렇게 꾸물거릴 시간 없을 것 같은데? 식염수가 많이 필요할 것 같거든?"

"아, 알았어. 얼마나 필요한데?"

"2백 밀리 우유……."

"2백 밀리 우유 10개면 되겠냐?"

"아니, 한 1백 개는 되어야 할 것 같은데?"

"뭐, 뭐라고? 1백 개면 거의 2만 밀리리터 아냐?"

"그래. 지금 당장, 병원에 있는 식염수 전부 다 가져오는 한이 있더라도 챙겨 와야 해."

"후우, 아, 알았어. 내가 너스 스테이션에 연락해 볼게."

"이택진 교수님! 제가 확인해 볼게요."

이택진이 수술대를 벗어나려 하자, 윤지원 간호사가 나섰다.

"그래 줄래요? 2만 밀리리터면 장난 아닌데, 괜찮겠어요?"

"뭐, 환자를 살리려면 2만 밀리리터가 아니라 20만 밀리리터도 만들어 와야죠."

"그럼 부탁드립니다!"

"넵!"

"김윤찬 교수님! 식염수 확보했어요."

그리고 30분 후.

역시나 안 되는 것도 되게 하는 능력이 있는 윤지원 간호사였다.

지이이이잉.

윤지원 간호사가 너스 스테이션에 식염수 공수를 의뢰했고, 연락을 받은 간호사들이 식염수를 카트에 싣고 수술방 안으로 들어왔다.

"혹시 몰라서 5천 밀리리터 추가해서 가져왔어요. 이 정도면 충분할까요?"

"고맙습니다! 충분할 것 같은데요? 그쵸, 교수님?"

카트를 받아 든 윤지원 간호사가 환한 표정을 지었다.

"네네, 이제 한번 해볼 만하겠는데요?"

"와! 이렇게 많은 식염수 통은 본 적이 없다! 이거 사진 찍어 둬야 하는 것 아니냐?"

이택진이 카트에 실려 들어온 식염수를 보며 혀를 내둘렀다.

"지금 꾸물거릴 시간 없어. 세척 시작하자!"

"아, 알았어."

폐 세척을 시작한 김윤찬과 이택진.

참관석.

"지금 저걸 가지고 폐 표면을 씻어 내겠다는 거지?"

최충석 교수가 신기한 듯 손가락으로 수술방을 가리키며 말했다.

"그러면 폐를 씻지, 발을 씻을까?"

고함 교수가 한심한 듯 최충석 교수를 노려봤다.

"나 참! 수술방에서 별거를 다 보네. 저게 가능하다고?"

"나 참, 내 새끼라고 했냐, 안 했냐? 호들갑 떨지 말고 넌 그냥 앉아서 구경이나 해. 지금부터 신기한 일이 벌어질 테니까."

고함 교수가 팔짱을 낀 채, 심각한 눈으로 수술방을 응시했다.

그렇게 폐를 세척하기 시작한 김윤찬.

쏴아아아.

폐에 투여된 식염수. 폐를 통과한 식염수의 색깔은 회백색의 탁하고 뿌연 색깔이었다.

"이거 변화가 없는 것 같은데?"

수십 통의 식염수를 쏟아부었음에도 불구하고 폐 중심부 표면에 들러붙어 있던 회백색의 물질이 떨어져 나가지 않고 있었다.

"좀 더 부어 보자."

"알았어."

10통, 50통!

그리고 100통!

김윤찬과 이택진은 끊임없이 식염수를 폐에 투여하며 세척을 계속해 나갔다.

그리고 마침내 150통째를 투여할 즈음.

점점 투명한 액체가 흘러나오는 폐!

회백색의 탁한 색이 아닌, 식염수 본연의 투명한 색깔이었다.

"어? 어? 이, 이거 벗겨진다! 벗겨져!"

이택진이 휘둥그레진 눈으로 마길상 할아버지의 폐를 가리켰다.

좋았어!

그동안 폐 표면을 뒤덮고 있었던 회백색의 단백질 물질이 드디어 씻겨 나가기 시작했다.

"아직 안심하긴 일러. 좀 더 세척해.보자. 나머지 전부 투여해!"

"알았어, 윤찬아!"

육안으로 봐도 확실히 깨끗해진 폐를 보자 이택진이 흥분한 듯 목소리 톤을 높였다.

참관실.

"하하하하, 야! 충석아! 너도 눈깔이 있으면 저거 보이지?"

더 이상 앉아 있을 수 없었던 고함 교수가 자리에서 벌떡 일어나 소리쳤다.

"헐! 저게 지금 되네? 깨끗한데? 그러면 저거 암이 아닌 게 확실해지는 거잖아!"

최충석 교수가 눈으로 보고도 믿을 수 없다는 듯이고개를 내저었다.

"당연하지. 내 새끼가 해낸다고 했잖아. 윤찬아! 이제 그만해도 될 것 같다. 혈중 산소 수치 한번 체크해 봐. 얼마나 개선되었는지 보게!"

　마이크를 들고 있는 고함 교수의 표정이 무척이나 밝아 보
였다.

　-네. 알겠습니다, 교수님.

록 스타 모셔 오기

수술방.

폐포 단백질증이란 김윤찬의 예상은 적중했다. 식염수로 마길상 할아버지의 폐를 세척해 내자 폐 표면을 감싸고 있던 회백색의 물질은 깨끗이 씻겨 나갔다. 즉, 그 정체불명의 물질은 암세포가 아니었던 것.

아직 하늘이 마길상 할아버지에게 좀 더 기회를 주고 싶었던 모양이었다.

"택진아! 이제부터가 진짜야. 정신 바짝 차려야 할 거야."

"물론이지. 이제 윤찬이 네 말이면 고무줄로 파스타를 만들어 놔도 맛나게 먹어 줄 각오가 돼 있어! 최선을 다해서 어시스트할 테니까, 맘껏 실력을 발휘해 봐."

이젠 이택진도 확실히 자신감을 되찾은 모습이었다.

"좋아! 시작하자."

"그래."

"윤지원 선생님! 메스 주세요."

"네, 교수님!"

그렇게 시작된 바티스타 수술.

거칠 것 없는 김윤찬의 손놀림!

째고.

자르고.

묶고.

꿰매고.

4시간여의 수술 시간 동안, 흐트러짐 없는 모습의 김윤찬.

늘어난 좌심실의 용적을 줄이고 탄력이 있는 심근을 이어 붙여 정상적인 수축력을 갖도록 만드는 수술.

즉, 바티스타 수술은 대성공이었다.

"와!"

여기저기서 터져 나오는 환호성.

마길상 할아버지의 상태를 고려했을 때, 최상의 결과였다.

"펌프 오프!"

"펌프 오프!"

수술을 마친 김윤찬이 침착한 목소리로 말하자, 스태프들이 반복해 확인했다.

이제 데운 혈액과 식염수를 이용해 칼륨을 씻어 낼 차례.

수술 시간 동안 심장과 폐를 대신했던 체외 심폐 순환기가 작동을 멈추고, 마길상 할아버지의 심장이 뛰기 시작하면 모든 것이 끝난다.

수술방에 모인 모든 사람이 긴장된 표정으로 마길상 할아버지의 심장이 힘차게 뛰기를 기다리고 있었다.

꿀꺽!

참관실에 앉아 있던 고함 교수 역시, 더 이상 앉아만 있을 수 없었다. 그의 침 넘기는 소리가 고요한 참관실을 가득 메웠다.

그리고 잠시 후.

콩닥콩닥.

쿵덕쿵덕.

마침내 마길상 할아버지의 심장이 활력을 되찾기 시작했다.

"김윤찬! 이제 됐어!"

양손을 불끈 쥐어 보이는 이택진.

"김 교수! 바이탈 굿이데이! 이제 이 할배, 살았는갑다!"

모니터를 살펴보던 마취과 교수가 환한 표정으로 김윤찬을 향해 손을 흔들었다.

"하아, 다들 수고하셨습니다."

마취과 교수의 말에 긴장이 풀렸는지, 김윤찬이 크게 한숨을 내쉬며 스태프들을 향해 인사했다.

"하하하하하, 김윤찬 교수! 수고했어! 아주 잘했어!"
당장이라도 수술방까지 들릴 것 같은 고함 교수의 웃음소
리. 크게 벌린 고함 교수의 입이 들고 있던 마이크를 집어삼
킬 것 같았다.
─감사합니다, 과장님!
"야! 봤냐?"
"그래, 봤다."
"내가 뭐랬냐? 저 새끼가 내 새끼라고 했냐, 안 했냐?"
고함 교수가 흐뭇한 미소를 지으며 자신의 가슴을 두드렸
다.
"그래그래. 김윤찬이 난놈은 난놈이다! 이걸 해내네."
최충석 교수 역시, 믿을 수 없다는 듯이 혀를 내둘렀다.

수술 대성공!
그렇게 사경을 헤매던 마길상 할아버지가 다시 목숨 줄을
움켜쥐는 순간이었다.
"택진아! 마무리 좀 부탁해."
"당연하지. 고생했다, 친구야!"
비지땀에 젖은 수술 두건을 벗자, 김윤찬의 머리에서 김이
모락모락 피어오르는 것 같았다.

"고마워."

지이이이잉.

짝짝짝짝!

수술방 문이 열리고 김윤찬이 밖으로 나가자 모든 스태프가 박수갈채를 보냈다.

할아버지!

이제 선한구 씨 가족들과 다복하게 사시는 일만 남았습니다! 한평생 외롭게 사셨던 고단한 삶.

이제 새롭게 얻은 아들, 며느리, 손자와 함께 행복하게 사십시오.

♥

그렇게 시간이 흘러 한 달 후, 연희병원 원장실.

연희병원 신임 원장 남구로가 한상훈 교수를 자신의 집무실로 호출했다.

"앉아. 별일 없지?"

한상훈 교수가 들어오자, 남구로가 턱짓으로 소파를 가리켰다.

"네, 원장님. 덕분에 잘 지내고 있습니다."

한상훈 교수가 90도 각도로 깍듯이 인사한 후, 자리에 앉았다.

"그래. 내가 뭐, 특별히 한 일이 있어야지. 그냥 자네를 위해 이사장님한테 몇 마디 말씀을 드렸을 뿐이네."

흠흠, 남구로 원장이 대수롭지 않다는 듯이 말을 내뱉었다.

"그게 어딥니까? 원장님께서 이사장님께 잘 말씀드려 줘서 이렇게 상경하지 않았습니까? 이 은혜는 죽어도 잊지 않겠습니다."

"그래? 자네가 그런 생각까지 하고 있는 줄은 몰랐군."

허허허, 남구로 원장이 환한 미소를 입가에 머금었다.

"그럼요. 원장님이 힘써 주시지 않았더라면 지금도 목포 촌구석에서 비린내나 맡고 있었을지도 모릅니다."

"후후후, 목포가 그렇게 비린내가 심한가? 전에 한번 내려갔을 때는 공기도 좋고 경관도 훌륭하던데?"

"뭐, 잠시 다녀가는 곳으로야 나무랄 데가 없죠. 하지만 의사로서 오래 있을 곳은 못 됩니다."

"그렇군. 하기야 한상훈 교수가 있기엔 너무 비좁은 곳이긴 하지. 그래서 말인데, 내가 자네한테 부탁을 하나 할 게 있어서 불렀어."

"네, 뭐든 하명해 주십시오. 제가 할 수 있는 건 뭐든 하겠습니다."

"그런가? 거, 고함 과장과는 다르구먼. 자넨 확실히 시원시원해서 좋아."

고함 교수와는 이미 한 차례 면담이 있었던 모양이었다.

"고함 과장님이요?"

"그래그래. 내가 부탁을 하나 했는데, 그 뻣뻣한 인간이 단칼에 거절하더군."

'젠장, 사람이 그렇게 융통성이 없어서야……'

남구로 원장이 입술을 삐죽이며 불편한 속내를 숨기지 않았다.

"그런 일이 있었습니까?"

"그래, 그래서 내가 자네를 특별히 부른 거야. 원래 고함 과장 자리는 자네 것 아닌가?"

"아, 아닙니다. 저 같은 흠이 많은 사람이 어떻게 그런 생각을 하겠습니까?"

"아니지! 그동안 셋값도 안 받고 빌려줬으면 이제 도로 찾아올 때도 된 게야. 고함 그 인간은 답답해서 말이 안 통해! 자네처럼 생각이 깨어 있는 사람이 내 곁에 있어야 일도 술술 풀리는 거지. 안 그런가?"

남구로 원장이 특유의 능글맞은 미소를 띠었다.

"절 그렇게 높이 평가해 주셔서 감사합니다, 원장님!"

"그래, 당연하지. 안 그랬으면 내가 자네를 다시 본원으로 불러들였겠나?"

"네, 최선을 다해 원장님을 보필하겠습니다. 그나저나, 하명하실 일이 있으시다고……"

"아이고, 내 정신 좀 봐. 내가 이렇다니까? 잠깐만 한눈을 팔면 깜빡깜빡해요. 이거 치매가 아닌지 몰러?"

톡톡톡, 남구로 원장이 자신의 이마를 가볍게 건드렸다.

"그럴 리가 있습니까? 여전히 40대 같아 보이십니다."

"예끼, 이 사람아! 정도껏 해야 내가 믿어 주지! 나보고 40대 같다는 게 말이 돼?"

"아닙니다! 워낙 동안이셔서 염색만 좀 하시면 저랑 동년배로 보이실 겁니다."

"하하하! 빈말이라도 듣기 싫진 않군. 그래그래, 사람이 이런 맛이 좀 있어야지, 암!"

남구로 원장이 흡족한 듯 한쪽 입꼬리를 말아 올렸다.

"편안하게 하명하십시오, 원장님."

"그래. 자네가 그렇게 말해 주니까 내가 한결 마음이 편하구먼. 말함세. 자네 혹시 강민우라는 가수를 아나?"

"로커 강민우를 말씀하시는 겁니까?"

"그래, 요즘 그 가수가 대세라고 하던데?"

"대한민국 사람치고 강민우를 모르는 사람이 어디 있겠습니까? 제2의 전성기를 넘어, 한류 스타 아닙니까?"

"오호! 자네도 잘 아는구먼. 그 강민우가 그렇게 유명한가? 난 잘 모르겠던데?"

경촌교도소 3742 강민우.

김윤찬과 함께 합창 대회 생활을 했던 그 강민우다.

출소 후, HYT엔터테인먼트에 들어가 스타 제조기 한민국의 조련을 받은 그,

한층 성숙해진 태도와 잘생긴 외모, 국내 정상급의 가창력을 과시하며, 제2의 전성기를 누리고 있다. 즉 현재 국내 최고의 로커라는 것.

"그럼요. 저도 좋아하는 가수입니다. 뭐, 저뿐만 아니라, 강민우 싫어하는 대한민국 사람은 별로 없을걸요."

"아! 그렇구먼. 그렇게 유명한 가수인 줄은 꿈에도 몰랐어."

그제야 남구로 원장이 고개를 끄덕거렸다.

"그런데 강민우는 무슨 일로? 소문으로는 폐가 좀 좋지 않아서 강희대 부속병원에서 치료를 받는다고 하던데……."

"바로 그거야. 아무래도 강민우를 우리 병원으로 데리고 와야겠네."

"네?"

"뭘 그렇게 놀라? 우리 병원 간판이 흉부외과 아닌가? 강민우 정도의 파급력 있는 가수를 강희대에 뺏겨서야 쓰겠나? 당연히 우리 병원으로 모셔 와야지. 안 그래?"

"아……."

강민우를 데리고 오라는 남구로 원장에 말에 난색을 표하는 한상훈 교수였다.

"왜? 힘드나?"

"아, 그게 아니라, HYT엔터테인먼트 대표가 양창영이잖습니까?"

"그런데?"

"제가 알기론 양창영 대표가 강희대 부속병원 양동영 원장의 막냇동생으로 알고 있습니다."

한상훈 교수의 목소리가 기어들어 가는 것 같았다.

"흠흠흠, 그래서? 힘들겠다는 건가?"

한상훈 교수의 말에 목소리 톤과 얼굴색을 바꿔 버리는 남구로 원장이었다.

"그, 그게 아니라……. 현실적으로 쉽지 않을 것 같아서요."

한상훈 교수가 안절부절 어쩔 줄 몰라 했다.

"뭐, 그러면 할 수 없지. 내가 자네한테 괜한 부탁을 한 모양이군. 알았어, 이만 나가서 일 보세요."

말끝에 붙인 존대와, 굳은 표정으로 보아 남구로 원장은 빈정이 상해 보였다.

"……원장님! 제가 한번 해 보겠습니다."

이 상황에서 물러서서는 안 되리라는 것을, 눈치 빠른 한상훈 교수가 모를 리 없었다.

"정말인가? 진짜 그렇게 할 수 있단 말이지?"

"아, 네. 제게 시간을 좀 주십시오. 그러면 제가 어떻게 해서든 강민우를 우리 병원으로 데리고 오겠습니다."

결국 쉽지 않은 결정을 내린 한상훈 교수였다.

"좋아! 역시, 내가 사람 보는 눈은 있다니까? 자네라면 분명히 해낼 줄 알았어!"

"후우, 네. 최선을 다해 보겠습니다. 어차피 강민우를 데리고 오는 게 우리 병원 마케팅에도…….'"

한상훈 교수의 말이 끝나기도 전에 핸드폰을 꺼내 드는 남구로 원장.

띠띠띠띠.

그가 곧바로 누군가에게 전화를 걸었다.

"상희야! 아빠야."

남구로가 전화를 건 사람은, 그가 그 누구보다 애지중지하는 막내딸 남상희였다.

"우리 막내한테 좋은 소식이 있을 것 같은데?"

남구로 원장이 한상훈 교수를 힐끗거리며 말을 이어 갔다.

"우리 딸, 놀라지 마! 강민우가 우리 병원에 입원할 거야."

그 순간, 남구로 원장의 핸드폰에서 꺄악! 하는 환호성 소리가 터져 나왔다.

"그럼! 정말이지. 조만간 우리 병원에 입원할 거니까, 그렇게 알고 있어, 우리 딸!"

남구로 원장이 전화를 끊고는 한상훈의 어깨를 두드리며 말했다.

"흠흠, 그러면 한 교수! 잘 좀 부탁해."

"네에, 원장님! 최선을 다해 보도록 하겠습니다."

"그래, 바쁠 텐데 얼른 나가 보세요. 난 곧바로 이사장님께 보고 올려야 하니까."

"아, 네. 알겠습니다."

잠시 후, 원장실 밖 복도.

"남상희? 원장 막내딸이 강민우 팬이었어? 시팔! 강만우를 무슨 수로 빼 와? 재수 없이 걸렸네. 이렇게 되면 빼박인가?"

한상훈 교수가 입술을 잘근거리며 인상을 구겼다.

강민우 로커를 데리고 오라는 하명을 받은 한상훈 교수. 그는 곧바로 인맥을 동원해 강희대 부속병원의 박성천 흉부외과 교수를 만났다.

"박 교수, 너네 병원에 강민우가 입원해 있다면서?"

"어허, 지금 목소리 좀 낮춰. 누가 들으면 어쩌려고 그래?"

박성천 교수가 주변을 둘러보며 낮은 목소리로 말했다.

"세상에 어디 강민우가 그 강민우뿐이야? 사람들이 누굴 말하는 건지 어떻게 알아?"

"그래도! 조심해야 한다니까? 우리 원장님이 각별히 신경 쓰는 환자야. 아니 환자라기보단 상전이지, 상전. 가뜩이나 지금 언론에서 눈치를 챈 것 같아서 신경 쓰이는구먼."

"오, 그래? 이미 언론에 노출이 됐다 이거지?"

눈치 빠른 한상훈이 바로 눈치챘다.

"아씨, 하여간 요 조동아리가 문제야, 문제."

"말해. 언론에서 눈치챈 거 맞아?"

"그, 그래. 요즘 기자들이 하이에나처럼 우리 병원 주변을 어슬렁거리고 있어. 뭐, 집어먹을 거 없나 하고."

"후후후, 그거 잘됐네. 그러니까 우리 병원으로 옮기는 건 어때?"

"야, 지금 그걸 말이라고 해? HYT 양 대표랑 우리 원장님 이랑 어떤 사이인지 몰라서 그래? 그게 가당키나 하나?"

"그래? 그러면 내가 언론에다 확 불어 버릴까? 강민우, 너네 병원에 입원해 있다고?"

언제나 꼬투리를 잡으면 이를 확실히 이용할 줄 아는 한상훈이었다. 한상훈이 주머니에서 핸드폰을 꺼내 들었다.

"야, 야! 진짜, 너 이럴래? 나 모가지 달아나는 거 보고 싶어서 그래?"

화들짝 놀란 박성천 교수가 한상훈 교수의 손을 잡아 끌어내렸다.

"그러니까 네가 날 좀 도와달라고. 내가 지금 우리 병원에서 어떤 처지인지 너도 잘 알잖아?"

"……하아, 그거야 나도 잘 알지. 하지만 내가 도와줄 수 있는 게 없어. 내 담당 환자도 아닌데 내가 뭘 알겠냐?"

"너, 우리 병원에 오고 싶어 했잖아?"

"흠흠, 그거야 뭐. 흉부외과 의사치고 한 교수 병원에 가고 싶지 않은 의사가 어딨나? 연희는 모든 외과 써전의 로망이니까."

"그래, 너 말대로 개원을 하더라도 연희 간판 달고 여는 거랑 강희 간판 달고 개원하는 거랑 같냐? 너도 마냥 월급쟁이 노릇만 할 순 없잖아?"

한상훈 교수가 특유의 회유 작전을 펼쳤다.

"그야 그렇지. 연희에서 한 3년 짱박혀 있다가 심장 전문 클리닉 하나 여는 게 내 꿈 아니냐."

"그러니까 내가 기회를 주겠다는 거 아냐?"

"뭐, 뭐라고?"

"내가 책임지고 너 우리 병원으로 스카우트해 올게. 우리 병원 연봉 알지?"

"당연히 알기야 알지. 그런데……."

"내가 그렇게 할 수 있겠냐고?"

"아니, 뭐. 그런 건 아니지만……."

"나 목포로 좌천됐다가 다시 기어 올라온 놈이야. 그게 어디 쉽게 됐겠니? 이 바닥에서 지방 분원으로 쫓겨났다가 본원으로 다시 올라온 인간 봤어? 너네 병원에 그런 케이스가 있드나?"

"음……. 없긴 하지."

"그러니까 내 말 좀 믿어 주라, 친구야. 각서라도 쓰라 하면 쓸게."

"아니, 아니. 내가 널 못 믿는 게 아니고, 내가 너한테 해 줄 수 있는 게 없다니까? 너도 알다시피 강민우 주치의가 하지만 교수잖아? 그 양반 꼬장꼬장해서 영……."

"아, 주치의가 하지만 교수야?"

"하아, 젠장! 몰랐나?"

박성천 교수가 인상을 찡그리며 뒷머리를 긁적거렸다.

"당연히 모르지! 내가 그걸 어떻게 아냐?"

"하아, 또 내가 괜한 헛소리를 한 것 같네. 아씨, 너 정말 비밀이다. 알았어?"

"그래. 너 하는 거 봐서."

순식간에 상황이 역전되어 버린 두 사람의 관계였다.

"미치겠네. 그래서? 내가 뭘 하면 되는 건데?"

"음, 다른 거 필요 없고 강민우 차트 한 부만 카피해 와. 그 정도는 쉽겠지?"

"야! 내가 말했잖아! 하지만 교수 성격 지랄 맞은……."

"아아, 그런 거 난 잘 모르겠고. 내가 강민우 차트를 꼭 좀 보고 싶은데?"

"하아, 진짜 그건 힘들다고! 게다가 그거 의료법 위반이잖아?"

"그건 내가 알아서 너한테 피해 안 가게 할 테니까, 걱정

마. 나 몰라? 나 한상훈이야!"

"아무리 그래도 이건 좀 아닌 것 같은데?"

"너, 솔직히 빚도 좀 있지 않냐?"

"지금 그 얘기가 왜 나와?"

박성천 교수가 불쾌한 듯 입술을 내밀었다.

"후후, 친구로서 그 정도는 내가 어떻게 융통해 볼 수도 있는데 말이야."

상대 약점을 집요하게 파고드는 데 탁월한 재능을 가진 한상훈이었다.

"……하아, 그래도 이건."

여전히 양심의 가책을 떨칠 수 없는 박성천 교수.

"그래? 그러면 할 수 없지. 강민우가 너네 병원에 입원했다는 사실과 주치의가 하지만 교수라는 떡밥 정도만 뿌려도 하이에나처럼 달려들 기자들은 널리고 널렸……."

"아, 알았어. 해 볼게."

"후후후, 진즉에 그렇게 나와야지. 그러면 최대한 빨리 부탁한다, 친구야."

"아, 알았어. 그러면 네가 한 약속은 지켜 주는 거지?"

"그럼! 내가 어디 빈말하는 거 봤냐? 아무튼 일만 잘 성사되면 내가 힘 좀 써 볼게."

"아, 알았어."

잠시 후.

'병신 새끼! 그런 실력으로 감히 어딜 넘봐?'

쯔읍, 자신의 차에 올라탄 한상훈이 이쑤시개를 들고 경박하게 이빨을 휘젓고 있었다.

약점 잡힌 먹잇감에는 관용을 베풀 마음의 여유가 없는 한상훈 교수. 애초에 그는 박성천과의 약속을 지킬 생각이 전혀 없었다.

♥

연희병원 인근 돼지갈빗집.

"여기야, 33…… 순남아!"

김윤찬이 진순남을 보자 반갑게 손을 흔들었다.

"네, 선생님!"

김윤찬을 향해 반갑게 달려오는 청년. 그는 경촌교도소에서 김윤찬과 연을 맺었던 진순남이었다.

"그래, 오랜만이야. 늦게나마 입학 축하해."

"감사합니다, 선생님!"

"해낼 줄 알았어. 장하다, 우리 순남이!"

진순남은 뼈를 깎는 노력 끝에 지방 선천대 의대에 합격할 수 있었다.

"전부 선생님 덕분이에요."

"내가 뭘 한 게 있다고 그런 말을 해? 네가 열심히 노력해서 얻은 거지."

"아니에요. 선생님이 교재도 보내 주시고 빵에 있을 때, 수학이랑 영어도 가르쳐 주셔서 가능했어요."

"이 녀석아! 빵이 뭐니? 이제 그런 말 입에 담지도 마."

"헤헤헤, 알았어요."

"그래. 공부는 할 만하고?"

"네네, 너무 재밌어요. 아직 예과긴 하지만."

"후후후, 다 거기서부터 시작하는 거지. 조금씩 한 단계, 한 단계 거쳐 가는 거야. 힘든 거 있으면 언제든지 연락해."

"네, 선생님!!"

"그나저나 다른 애들하고는 연락하니?"

"그럼요! 제 베스트 프랜드인데요. 금동이는 자동차 정비사 자격증 따서 공업사에 취직했고요, 형돈이는 아직 형이 좀 남아서 경촌에 남아 있어요. 올 11월에 출소할 예정이에요."

"그렇구나. 형돈이도 출소하면 네가 잘 좀 보살펴 주렴."

"흐흐, 걱정 마세요. 그 녀석도 빵…… 아니, 교도소에서 전기 기능사 자격증 취득했어요. 출소하면 정직한 계장님이 일자리 알아봐 주신다고 했고요."

"그래? 정직한 계장님도 잘 계시지?"

"그럼요. 여전하세요."

"다들 잘 있는 것 같아서 다행이다. 그나저나 공부하느라

바쁠 텐데 서울까진 웬일이야?"

"음……. 선생님! 잠시만요."

진순남이 주변을 두리번거리더니 김윤찬에게 손을 흔들어 가까이 오라는 신호를 보냈다.

"왜? 무슨 일인데?"

"3742 민우 형님 있잖아요."

"강 로커님? 민우 씨는 왜?"

"제가 어렵게 민우 형님한테 연락이 닿았는데요, 형님이 많이 아픈가 봐요."

"강 로커님이?"

"네, 지금 강희병원에 입원해 계신대요!"

"그래? 난 차기 앨범준비차 미국에 간 걸로 알고 있는데?"

"아, 그건 공식적인 거고요. 아마도 민우 형님이 너무 유명하다 보니, 기획사에서 연막작전을 편 것 같아요. 지금 분명히 강희병원에 있어요!"

진순남이 확신에 찬 목소리로 말했다.

"그렇구나. 혹시 강 로커님이 어디가 아픈지는 알고 있니?"

"대충 폐 쪽에 문제가 있는 것 같은데, 저도 자세한 건 모르겠어요. 한번 만나 보려고 강희병원에 간 적 있었거든요. 원래는 면회가 안 되는 건데, 어렵게 잠깐 면회만 하고 왔어요.”

“그런 일이 있었구나.”

“네, 민우 형님이 선생님을 엄청 만나고 싶어 해요. 선생님한테 치료를 받고 싶다고 하셨어요. 형님이 선생님한테 꼭 좀 전해 달라고 하셔서요. 민우 형님 거의 감금 수준이거든요.”

“나한테?”

“네, 강 로커님은 정말로 선생님한테 치료받고 싶어 하세요. 어쩌죠?”

“글쎄다. 이미 다른 병원에 입원한 환자를 함부로 전원시키기는 힘들어. 특별한 사유가 아니라면.”

“특별한 사유라면요?”

“뭐, 그쪽에서 치료가 불가능하거나…… 진료상의 오진이 있거나 하면 가능한데, 강희병원 정도의 레벨이라면 그런 일은 흔하지 않지.”

“그러면 어쩌죠? 민우 형님은 꼭 선생님한테 치료받고 싶어 하시는데.”

“그러게 말이다. 나도 그렇게 하고 싶긴 한데, 딱히 방법이 없는 것 같아. 일단, 내가 강 로커님을 한번 만나 봐야 무슨 수가 나와도 나오지 않겠니?”

“선생님이 민우 형님을요?”

“그래, 환자 상태를 확인해 봐야 뭐든 시도해 볼 수 있지 않을까 싶다."

"음, 그러면 혹시 민우 형님 매니저인 한민국 씨를 만나 보는 건 어떨까요? 그분이라면 뭔가 알고 계시지 않을까요?"

"한민국 씨? HYT엔터테인먼트?"

"맞아요. 제가 한번 다리를 놔 드릴까요?"

"음, 그래. 가능하면 한번 뵙고 싶구나."

"네, 그럼 제가 한번 연락을 해 볼게요."

"그래, 그건 그렇고 배고플 텐데 고기 좀 먹어라."

"네, 선생님."

지글지글, 김윤찬이 윤기 나는 돼지갈비를 석쇠 위에 올려놓았다.

강 로커님의 폐에 문제가 생겼다고??

고개를 한 점 입에 문 김윤찬이 고개를 갸웃거렸다.

❤

며칠 후, 한상훈 교수실.

진료를 마치고 자신의 연구실로 돌아온 한상훈 교수. 자리에 앉아 누군가에게로 급히 전화를 걸었다.

"나요."

―네, 교수님.

"제가 부탁한 건 어떻게 됐습니까?"

─네, 하지만 교수에 관한 사항은 대충 마무리가 된 것 같고, 강민우 씨에 관한 정보는 조금 더 시간을 주셔야 할 것 같습니다.

"얼마나요?"

조금 더 기다리라는 말에 한상훈 교수가 짜증 섞인 어조로 퉁명스럽게 물었다.

─며칠만 더 시간을 주십시오.

"알았어요. 강민우에 관한 건 집안에 숟가락, 젓가락이 몇 개인지, 잠옷은 뭘 입고 자는지까지, 하나도 빠짐없이 챙겨서 보고토록 해 주십시오."

─네. 그런 건 걱정하지 마십시오. 아! 그리고 재밌는 사실이 하나 있는데, 강민우가 폭행죄로 경촌교도소에 있었던 건 아시죠?

"그거 모르는 사람이 어딨습니까? 그렇게 신문에 대문짝만하게 보도가 나갔는데?"

─네, 그렇죠. 근데 강민우가 경촌교도소에서 복역할 당시, 의무관이 연희병원 김윤찬이라고 하더라고요? 그것도 아셨습니까?

"네? 우리 병원 김윤찬 선생이요?"

─네, 그렇습니다. 지금 흉부외과에 있는 그 김윤찬입니다.

"아……. 그래요?"

─네, 그렇습니다.

"확실한 정보죠?"

─당연하죠. 제가 이런 일 한두 번 합니까? 100% 확실합니다.

"흐음, 알겠습니다. 일이 마무리되는 대로 연락 주십시오."

─네. 알겠습니다, 교수님.

웃기네. 김윤찬이랑 강민우가 또 이런 식으로 엮이나?

헐헐헐, 그렇게 전화를 끊은 한상훈 교수가 허탈한 웃음을 짓던 순간, 강희병원 박성천으로부터 전화가 왔다.

"어, 박 교수."

─한 교수, 자료 확보했어. 아무래도 내가 그쪽으로 가는 게 좋겠지?

"그래. 그게 아무래도 좋겠군. 어디서 볼까?"

한상훈 교수가 눈을 빛내며 입가에 야릇한 미소를 띠었다.

❤

교외 인근의 모처.

한상훈 교수와 박성천 교수가 사람들의 눈을 피해 서울 근교의 모처에서 만났다.

"박 교수, 결론부터 말해 봐. 강민우 무슨 병이야?"

"별거 없어. 좌하폐엽 결절이야."

"좌하폐엽 결절?? 그게 다라고? 결핵이야?"

"아니, 그것도 아닌 것 같아. 비결핵성 결절인 것 같아. 자세한 내용은 첨부한 자료를 보면 알 거야."

툭, 박성천 교수가 한상훈에게 서류 봉투를 내밀었다.

"비결핵성 좌하폐엽 결절이라……. 그러면 별거 아닌데?"

한상훈 교수가 턱 주변을 매만지며 고개를 갸웃거렸다.

"당연하지. 이 정도 결절이면 시간 지나면 자연스럽게 없어져."

"그래? 그래도 좀 더 자세하게 설명해 봐."

"음, 그러지 뭐. 엑스레이상 좌폐상엽에 희미하게 부분적으로 음영이 잡히긴 하는데, 내가 보기엔 결절이라고 하기엔 불분명해. 즉, 암 덩어리가 아닐 확률이 높다고 볼 수 있지."

"그래서?"

"폐상엽에 흔하게 나타나는 투버클로시스(결핵) 흔적과 같은 국소적인 섬유성 병변 정도로밖에 보이지 않았거든."

"그렇다면 강민우가 결핵을 앓았었다는 건가?"

"음, 뭐. 사진상으로는 그렇다고 볼 수 있지."

"그렇다면 별거 없다는 건데……."

"그래, 내가 별거 없다고 했잖아. 뭐, 요양한다고 생각하고 한 2주 정도 입원하면 깨끗해질 것 같은데?"

"음……. 지금 강민우가 입원한 지 얼마나 됐지?"

"오늘이 1주 차 마지막 날이지."

"우리 병원으로 전원시키려면 시간이 촉박하겠네?"

"하아, 진짜 데리고 가려고?"

"당연하지. 그걸 말이라고 해?"

"한 교수, 아무리 그래도…… 그건 쉽지가 않아. 원장은 고사하고 하지만 교수 설득도 쉽지 않을걸."

"하지만 교수? 후후후, 그건 내가 알아서 할게."

한상훈 교수가 입가에 야릇한 미소를 띠었다.

"알아서 한다고? 그 꼰대를??"

"그래, 나한테 생각이 있어. 그건 그렇고 오늘 자료 가지고 오느라고 수고 많았다."

"그래. 그거 몰래 빼 오느라고 진짜 진땀 뺐어. 앞으로 잘 좀 부탁해, 한 교수!"

"뭘?"

한상훈 교수가 어깨를 으쓱거리며 모르는 척했다.

"한 교수! 지금 무슨 말을 하는 거야? 괜히 장난치는 거면 그만하지? 나 그런 거 별로 좋아하지 않는데?"

"아! 맞다, 맞다! 우리 병원에 오고 싶다고 했지?"

그제야 한상훈 교수가 자신의 이마를 두드리며 고개를 끄덕거렸다.

"이 사람아! 나 장난치는 거 별로라니까?"

"그래, 어디 보자. 우리 박 교수님 논문 실적이 어떻게 되시나? NEJM에 기고한 논문이 있으신가?"

"논문?? 그, 그게 무슨 말이야?"

"하아, 내가 미리 얘기해 둔다는 걸 깜박해 버렸네. 우리 연희병원에 오려면 최소한 NEJM 혹은 메디슨지 커버 논문 두 편은 필요한데 말이야. 그거 없으면 애초에 서류 심사 통과가 되질 않거든?"

"뭐, 뭐라고? 그, 그런 걸 왜 처음부터 말 안 했어?"

당황한 박성천 교수가 말을 더듬었다.

"난, 뭐. 자네 정도의 실력이라면 논문 정도는 당연히 가지고 있을 거라 생각했지! 그래서 말 안 했는데?"

"미친! 지금 나 가지고 놀린 거냐, 너?"

"없으면 없다고 미리 말을 했어야지, 그러면 괜한 고생도 안 했잖아?"

"야! 한상훈이! 너 지금 장난해?"

발끈한 박성천 교수가 자리에서 벌떡 일어났다.

"말조심하지? 강민우 입원한 거랑 주치의 노출에, 환자 개인 정보까지 훔쳐 온 박 교수가 할 얘기는 아닌 것 같은데?"

"뭐, 뭐라고??"

"사람들 쳐다보니까 앉아. 개망신당하고 의사 면허 취소되기 전에."

"……너, 진짜."

박성천 교수가 억울하다는 듯이 입술을 깨물었다.

"내가 못 할 거 같아? 이 사람아! 나 한상훈이야."

"하아, 내가 미쳤지. 저런 인간을 믿는 게 아닌데."

박성천 교수가 어금니를 악다물며 양 주먹에 힘을 주었다.

"믿어? 네가? 넌, 그냥 돈에 눈이 어두워서 아무것도 보이지 않았을 뿐이야. 난 그런 너를 조금 이용했을 뿐이고."

"이런 나쁜 놈! 이런 식으로 친구를 팔아먹어?"

"친구? 언제부터 우리가 친구였던가? 난 한 번도 널 친구라고 생각해 본 적이 없어. 그냥 돈에 눈이 벌게진 인간일 뿐이었지. 아무튼, 그냥 솔잎만 먹고 살아. 괜히 갈잎 먹으려다 탈 나지 말고."

"……."

"이건 놔두고 갈게. 수고했다."

"너, 정말 인간 말종이구나. 우리 사람 되는 건 힘들어도 벌레는 되지 말자! 어?"

"어, 그래."

"나쁜 놈!"

"그나저나 별거 없네? 이 정도였으면 박 교수한테 부탁하지도 말걸."

동문서답하는 한상훈.

벌떡, 그가 박성천 교수가 가지고 온 서류 봉투를 내던지듯 테이블 위에 올려놓고는 자리에서 일어났다.

강희병원 하지만 교수 연구실.

며칠 후, 한상훈은 강희병원의 강민우 주치의인 하지만 교수 연구실을 찾아갔다.

"안녕하십니까? 교수님!"

한상훈 교수가 하지만 교수에게 정중하게 인사했다.

"음, 어서 오세요."

둘 사이가 초면은 아닌 것 같았지만, 하지만 교수의 무표정한 얼굴로 봤을 때 그리 반기는 눈치는 아닌 것 같았다.

"그동안 잘 계셨습니까?"

"그럭저럭 지냈네. 그나저나 목포로 내려갔다고 들었는데, 언제 서울로 올라온 건가?"

"아, 네. 서울로 올라온 지 몇 달 정도 됐습니다."

"그래? 재주도 좋구먼. 보통은 그러기가 쉽지 않은데 말이야."

"네. 어쩌다 보니, 운이 좋았던 것 같습니다."

"운이……. 그 운은 어떻게 한 교수한테만 몰려가는지 모르겠군."

하지만 교수가 시니컬한 표정으로 피식거렸다.

"하하하, 그렇습니까? 전 잘 모르겠는데……."

"뭐, 그렇다면 할 수 없고. 그나저나 고함 교수는 잘 지내지? 작년 학회 때 한 번 보고 못 본 것 같은데 말이야."

"네네, 잘 계십니다. 워낙 잘 계셔서 그게 탈이죠."

"잘 안되기를 바라는 말투구먼."

"어휴, 그럴 리가요. 어디 제가 고함 과장님을 넘볼 능력이 되나요?"

"후후, 넘보고 있나 보군."

"네?"

"아냐, 아무것도."

하지만 교수가 고개를 가로저었다.

"아, 네."

"그나저나, 자네가 우리 병원에는 무슨 일이지?"

"아, 그게……. 사실은 교수님께 부탁이 있어서 이렇게 염치 불고하고 찾아왔습니다."

"나한테?"

"네, 그렇습니다."

"딱히 자네가 내게 부탁할 만한 게 없을 것 같은데. 들어줄 일도 없을 것 같고?"

"아뇨, 충분히 들어주실 수 있는 겁니다."

"음, 뭔지 모르겠지만 말해 보게. 일단 들어나 봄세."

하지만 교수가 시큰둥한 반응을 보였다.

"네, 그러면 단도직입적으로 말씀드리겠습니다. 강민우 환자! 연희병원으로 전원시키려고 하는데 교수님께서 도와

주셨으면 합니다.”

“강민우? 그 사람이 누군데 전원을 시키네 마네 하는 건가? 우리 병원 환자인가?”

확실히 박성천 교수와는 비교가 되지 않는 노련함이었다.

“후후후, 확실히 교수님은 뭐가 달라도 다르시군요. 근데 어떡합니까? 전 이미 교수님이 강민우 환자 주치의란 걸 다 알고 왔는데요.”

“참 딱한 사람이군. 난 강민우라는 사람이 누군지도 모를 뿐더러, 그런 사람이 우리 병원에 입원했다 치더라도 전원이란 말을 꺼내는 건 너무 무례한 언사 아닌가?”

끙, 어느새 하지만 교수의 표정에 노기가 올라왔다.

“무례했다면 죄송합니다. 용서하십시오.”

한상훈 교수가 일어나 허리를 굽혀 인사했다.

“내 한평생 이 바닥에 몸담고 있었지만, 자네처럼 무례한 사람은 처음 보는구먼. 그런 얘기라면 더 이상 자네와 할 얘기가 없어. 난 강민우라는 사람이 누군지 모르니까 정 알고 싶다면 원무과를 찾아가 보는 게 좋겠네. 그러면 이만 가 봐. 나, 회진 돌아야 할 시간이니까.”

“아! 그러십니까? 그러면 설마 하정운이라는 청년은 모르지 않으시겠죠?”

하정운은 하지만의 아들이었다.

“뭐, 뭐라고?”

미세하게 흔들리는 하지만 교수의 동공.

자신의 아들 이름이 한상훈의 입에서 나올 거라곤 생각도 못 했기에, 하지만 교수 역시 당황하지 않을 수 없었다.

"아드님의 성함이 하정운 씨 아닙니까?"

"……그래. 그런데 자네가 왜 우리 아이 이름을 입에 올리는 거지?"

"흐음, 그러게요. 제가 왜 교수님의 아드님 이름을 알고 있을까요?"

입가에 비릿한 미소를 띠는 한상훈.

"말 돌리지 말고, 당장 말해. 지금 왜 우리 아이를 들먹이는 건가?"

신사 같은 성정의 하지만 교수라 할지라도 불쾌한 감정을 숨길 순 없었다.

"교수님, 일단 앉으시죠? 이렇게 서서 얘기할 사안은 아닌 것 같군요. 네?"

한상훈 교수가 능글맞은 눈빛으로 하지만 교수를 응시했다.

"……."

털썩, 결국 하지만 교수가 소파에 몸을 내던지듯 앉았다.

자신의 아들 이름이 거론된 이상, 한상훈의 말을 들을 수밖에 없는 상황이었다.

"자제분을 언급해서 죄송합니다만, 일단 교수님도 아셔야 할 것 같아서 말이죠."

"사설 늘어놓지 말고 본론부터 말해. 우리 애가 뭘 어쨌다는 건가?"

"정말 모르셨습니까?"

"뭘 말인가?"

하지만 교수의 퉁명스러운 말투에 노기가 가득 묻어 있었다.

"모르고 계셨군요. 그러면 지금부터 말씀드리죠. 제가 좀 알아보니까, 아드님이 불미스러운 짓을 하고 다니셨던 것 같은데 말이죠……."

"뭐라? 불미스러운 짓? 그게 무슨 소린가?"

"그게…… 제가 입에 담기 민망하긴 한데, 불법 성매매를 했던 것 같더군요. 정말 모르셨습니까?"

차기 대통령 주치의 물망에 오른 하지만 교수. 아들이 불법 성매매를 저질렀다는 한상훈의 말이 사실이라면 여간 심각한 문제가 아닐 수 없었다.

"그게 사실인가?"

하지만 교수가 끓어오르는 분노를 삼키며 최대한 침착하게 물었다.

"감히 제가 어떻게 교수님한테 거짓말을 하겠습니까? 100% 사실입니다. 다만, 교수님께서 어떻게 나오시느냐에 따라 그냥 묻힐 수도 있고, 세간이 법석을 떨게끔 될 수도 있겠죠."

"그래서? 자네가 지금 내게 원하는 게 뭔가?"

하지만 교수가 매서운 눈초리로 한상훈을 노려봤다.

"뭐, 어려울 것 없습니다. 강민우 환자만 제게 주십시오. 그러면 교수님이 청와대로 들어가시는 데 누가 되지 않게 깔끔하게 처리해 두겠습니다."

"깔끔하게 처리한다? 뭘?"

"아드님 문제 말입니다. 일이 커지기 전에 화근을 제거해 두는 게 좋지 않겠습니까?"

"그러니까 내 아들 일을 덮어 두는 대가로 강민우 환자를 연희병원으로 전원시켜 달라는 건가?"

"그렇습니다. 아! 역시, 강민우가 강희병원에 있었군요? 하하하, 그런데 왜 지금까지 모른 척하셨습니까?"

한상훈 교수가 승기를 잡은 듯 너털거렸다.

"알았네. 그러면 내가 우리 아이한테 먼저 확인을 해 보고 다시 연락하도록 함세."

"뭐, 그러시죠. 그러면 전 이만 가 보겠습니다."

"……."

"연락 기다리겠습니다, 교수님!"

하지만 교수를 향해 고개만 까닥거리는 한상훈.

처음에 이곳에 들어왔을 때와는 180도 다른 한상훈 교수의 태도였다.

그리고 다음 날.

마침내 하지만 교수로부터 전화가 왔다.

　-한상훈 교수, 오늘 저녁에 식사나 하지.

"오늘 저녁이요? 네네, 괜찮습니다."

하지만 교수의 전화에 만면에 미소를 띠는 한상훈 교수였다.

　-시간은 몇 시가 좋겠나?

"제가 교수님 편한 시간에 맞추도록 하겠습니다. 교수님이 보자고 하시는데, 없는 시간도 내야죠."

　-그래, 남의 눈도 있고 하니까…….

'그럼 그렇지! 자식 이기는 부모 봤나? 아무리 꼰대라도 대통령 주치의 자리를 포기할 수 있겠냐고? 하하하, 절대 포기 못 하지!'

룰루랄라, 전화를 끊은 한상훈이 콧노래를 불렀다.

시내 모처.

"마음의 결정은 하셨습니까?"

하지만 교수를 대하는 한상훈 교수의 태도는 여유로웠다.

"음, 마음의 결정이라고 할 게 있겠나."

하지만 교수의 표정이 무척이나 어두웠다.

"그렇지요. 세상에 부모 이기는 자식이 어디 있겠습니까? 제가 뒷마무리는 탈 없이 잘 처리해 놓도록 하겠습니다. 아무 걱정 마십시오, 교수님!"

"그래, 고맙군. 모자란 내 자식까지 챙겨 주니 말이야."

"당연한 거 아니겠습니까? 앞으로 나라를 위해 큰일 하실 분이신데, 이깟 일로 문제가 생겨서는 안 되죠. 교수님을 위해서도 나라를 위해서도, 그런 일은 생겨서는 안 된다고 생각합니다."

한상훈 특유의 느물거림.

"자네가 그토록 나라를 생각하는 줄은 몰랐군."

하지만 교수가 무심히 말을 내뱉었다.

"대한민국 국민의 한 사람으로서 당연히 해야 할 일을 한 것뿐입니다. 교수님 같은 분의 몸에 흙탕물이 튀어서야 되겠습니까?"

"후후후, 나 같은 사람이 누군데?"

"우리나라 최고의 지성이시지요."

"지성이라……."

흐음, 하지만 교수가 입가에 쓴 웃음을 지었다.

"자 자, 이제 서론은 이쯤에서 끝내기로 하고……. 그러면 강민우는 언제 데리고 가는 게 좋겠습니까? 되도록 빨리 옮겨서 우리 쪽에서 치료를 했으면 좋겠는데 말이죠."

한상훈이 여유로운 표정으로 어깨를 들썩거렸다.

"강민우가 누구지?"

"네?"

"난 강민우라는 사람을 모르는데?"

"하하하, 농담하지 마십시오. 교수님! 저 그렇게 한가한 사람이 아닙니다. 최대한 빨리 우리 연희병원으로 전원시켜 치료를……."

"그러니까 강민우가 누구냐는 말일세. 난 그런 사람을 몰라."

하지만 교수가 단호한 어조로 고개를 내저었다.

"하아, 교수님! 자꾸 이러시면 피곤해지는데……. 뭔가 생각이 많은 것 같으신데, 이럴 때일수록 간단하게 생각하십시오. 아드님, 이대로 놔두시면 매장당하십니다."

또각또각, 한상훈 교수가 인상을 구기며 손가락으로 테이블을 건드렸다.

"못난 놈이 매장을 당할 짓을 했다면 당연히 그 대가를 치러야지."

"대, 대가를 치러요? 교수님, 지금 제정신이십니까? 지금 그깟 일로 대사를 그르치시겠다는 겁니까?"

한상훈 교수가 답답한 듯 넥타이를 풀어 헤쳤다.

"그깟 일? 자식 농사를 잘못 지은 것만큼 부모로서 더 큰 잘못이 뭐가 있겠나?"

"아, 아니 교수님!"

"정운이 놈이 무슨 짓을 하고 다니는지는 모르겠지만, 그 놈이 죄를 지었다면 그에 합당한 벌을 받는 것이 인지상정이야."

"지금 아드님을 버리시겠다는 겁니까?"

"자네의 가장 큰 단점이 뭔지 아나? 바로 이런 부분이야. 내 아들이 죄를 지었는데 그 죄를 덮어 주는 것이 진정 그놈을 살리는 길이라고 생각하나? 이 세상의 가장 큰 원칙은 죄를 지었으면 그에 합당한 벌을 받는다는 것이네. 자네는 그걸 자꾸 간과해. 아니, 무시하려 들지. 그래서 자네는 절대 안 된다는 거야."

"아, 아니. 지금 대한민국 대통령 주치의 자리가 뭘 의미하는 건지 모르십니까?"

"알아, 아주 잘."

"그런데 이런 말씀을 하실 수 있는 겁니까?"

"자식새끼 하나 제대로 건사하지 못하는 인간이 대통령을 모신다는 게 말이 되나? 난, 자네처럼 그렇게 뻔뻔한 사람이 못 되네."

"그, 그래서 어떻게 하시겠다는 겁니까?"

자신의 생각과는 완전히 다른 상황에, 한상훈 교수가 당혹감을 감출 수 없었다.

"모든 일은 순리대로 가는 걸세. 정운이 놈이 잘못한 게 있으면 책임을 져야 하고, 그로 인해 아비인 내가 책임을 져야 할 일이 있다면, 책임을 지겠네."

"그러면 청와대 주치의 자리는요?"

상황이 걷잡을 수 없는 곳으로 치닫자, 한상훈이 당황스러운 표정을 지었다.

"내가 방금 말하지 않았나? 아비로서 책임을 지겠다고?"

"……저, 정말, 어리석은 판단이십니다! 곧 후회하실 거예요, 교수님!"

"어리석은 사람은 바로 자네야. 마지막으로 내가 자네한테 충고 한마디만 하지."

"네?"

"자네가 고함 교수를 죽었다 깨어나도 따라잡을 수 없는 이유가 뭔지 아나?"

"……."

고함 교수란 말에 시선을 회피하는 한상훈 교수.

"고함 교수는 남을 살리기 위해 자신을 죽일 줄 아는 사람인 반면, 자네는 자기를 살리기 위해 남을 죽일 사람이거든. 그 차이가 뭔지는 자네가 잘 한번 생각해 보게."

하지만 교수가 단호한 표정으로 자리를 박차고 일어났다.

'젠장! 고함이라고?? 그 인간이 뭘 얼마나 대단하기에, 고함, 고함 그러고 난리야? 왜냐고? 왜??'

쾅! 한상훈 교수가 벌게진 얼굴로 몸을 부르르 떨었다.

그렇게 하지만 교수를 협박해 깅민우를 데리고 오려는 한상훈의 계략은 실패로 끝나 버렸다.

그렇다고 쉽게 물러설 그는 분명 아니었다.

♥

한상훈 교수실.

한상훈이 자신의 집무실로 김윤찬을 불러들였다.

"김 교수, 앉아요."

시작부터 존댓말. 자신이 뭔가 불리하다고 생각되면 언제든 누구든 몸을 낮출 수 있는 인간이었다, 한상훈이란 인간은.

"네, 무슨 일이십니까?"

"이 사람아! 뭐가 그렇게 뻣뻣해? 오랜만에 나랑 차나 한잔 하자고 불렀어."

"아, 네. 오후에 수술 스케줄이 있어서 오래 앉아 있을 수는 없습니다."

"어련하시겠나. 우리 김윤찬 교수가 요즘 아주 잘나가는 것 같아, 나도 아주 기분이 좋습니다."

한상훈 특유의 느물거림이었다.

"과찬이십니다."

"아냐, 아냐. 지난번에 마길상 환자, 바티스타 수술 동영상도 봤어요. 아주아주 감동적이었습니다. 제가 김윤찬 교수라면 그런 선택은 못 했을 거예요. 정말, 자랑스럽습니다."

한상훈 교수가 침을 튀겨 가며 내 칭찬을 늘어놓았다. 분명, 뭔가 나한테 원하는 것이 있는 모양이었다.

"저, 교수님! 제가 시간이 그렇게 많지 않아서……."

"하하하, 내가 그만 주책을 떨었군요. 미안해요. 바로 본론부터 말씀드리겠습니다. 그게 말이에요. 혹시, 강민우라고 아십니까? 예전에 김윤찬 교수가 경촌교도소에서 근무할 때……."

"네, 압니다. 제가 있을 때, 그곳에서 수형 생활을 하고 있었습니다."

"아! 맞군요? 강민우 씨랑 친했습니까?"

"수형자와 의무관의 관계였을 뿐입니다."

그의 눈빛에서 난 한상훈이 내게 뭘 원하는지 본능적으로 알 수 있었다.

"음, 그래도 아예 안면이 없는 것과는 차원이 다르지요."

"글쎄요. 그냥 공적인 관계였을 뿐입니다."

"에이, 강민우 씨랑 같이 합창 대회도 하고 상당히 친분이 있는 걸로 아는데, 왜 그러십니까?"

한상훈이 눈을 흘기며 내 눈치를 살폈다.

"제 뒷조사도 하고 다니십니까?"

"하하하, 뒷조사는 무슨요? 그냥 뭐, 건너 건너 들은 얘기입니다. 아무튼, 두 분이 꽤 친분이 있는 건 맞는 거죠?"

"다시 말씀드리지만, 공적인 관계일 뿐입니다."

"알아요. 김윤찬 선생이 공과 사를 잘 구분하는 사람이란 거. 아무튼, 그 소문 들었습니까?"

"어떤 소문을 말씀하시는 겁니까?"

"강민우 씨가 지금 강희병원에 입원해 있다는군요? 혹시 강민우 씨한테서 무슨 얘기 들은 거 없습니까?"

역시 한상훈에 대한 내 예상은 단 한 번도 비켜 가는 적이 없었다. 지금 한상훈은 나와 강민우의 인연을 이용해 그를 우리 병원으로 데리고 오려는 수작이었다.

"아뇨, 전혀요."

"그렇군요. 아무튼 지금 강민우 씨가 강희병원에 입원해 있고, 폐 쪽이 안 좋다는 소식이더라고요. 대한민국에서 우리 연희만큼 폐를 잘 보는 곳이 어디 있습니까? 안 그래요?"

"강희대 흉부외과도 충분한 실력이 있는 걸로 압니다."

"그래요. 거기도 뭐, 대학병원이니 실력이야 떨어지겠습니까? 근데 아무리 그래도 연희만 하겠습니까? 그 정도의 셀럽이라면 당연히 우리 병원으로 데리고 와 치료를 받게 해야죠. 안 그래요?"

"그렇다면 제가 할 수 있는 일은 아무것도 없는 것 같군요. 그리고 그런 일이라면 당연히 흉부외과의 수장이신 고함 과장님과 상의하셔야 하는 것 아닙니까?"

"하아, 나도 당연히 그러려고 했죠! 하지만 고함 교수님이 어디 씨알이나 먹히는 분입니까? 그래서 고육지책으로 김 교수를 부른 것 아니오?"

"고함 과장님이 안 되는 거면, 저 역시 안 되는 겁니다."

"아니, 그러지 말고, 우리 같이 힘을 합해 봅시다! 강민우 같은 레퍼런스를 가지는 것이 무슨 의미인지 몰라요? 게다 가 강민우가 폐가 안 좋다고 하지 않아요?? 김윤찬 교수의 전문 분야 아닙니까?"

한상훈의 저 처절한 눈빛.

언제나 위기에 처하면 튀어나오는 한상훈 특유의 눈빛이 었다.

"네, 강민우 환자가 우리 병원에 입원한다면 당연히 제가 치료를 해야겠지요. 하지만 지금은 강희병원에 있고, 전, 강 민우 씨와의 인맥을 이용해 그를 우리 병원으로 데리고 오고 싶은 생각은 추호도 없습니다. 그렇게 우리 병원으로 데리고 오고 싶으시면 교수님 혼자 힘으로 해결하십시오."

"하아, 진짜 답답하네. 왜 그렇게 사람이 꽉 막혔습니까? 고함 교수랑 너무 똑같아요!"

"과장님에 대해서 함부로 말하지 마십시오."

"이봐, 김윤찬 교수! 고함 교수는 실력으로 볼 때, 흉부외 과 과장 자리가 아니라 진료 부원장 자리에 앉아 있어야 할 사람이야. 그게 무슨 말인지 몰라?"

자기 멋대로 존대와 반말을 섞어 가는 말종!

"네, 전 잘 모르겠습니다. 전 사람을 살리는 의사지, 출세 따위엔 관심이 없으니까요."

"아닐걸. 배가 고프면 음식을 먹고 싶고, 오줌이 마려우면 싸고 싶고, 멋진 이성을 보면 만나고 싶은 게 사람이야. 사람은 그렇게 태어났어. 근데, 당신도 사람이거든? 그런데 위로 올라가고 싶은 욕망이 없다고?"

네, 그랬죠. 예전에는 그랬습니다! 하지만 부질없더군요. 당신도 조만간 그 부질없음을 뼈저리게 느낄 겁니다.

"맞습니다. 사람은 사람다워야 하고 개는 개다워야 하며, 돼지는 돼지다워야 합니다. 사람이 개나 돼지 같은 짓을 하면 그건 사람이 아니니까요."

"뭐, 뭐라고? 지금 나보고 개, 돼지라는 건가?"

발끈한 한상훈의 목덜미가 붉게 물들어 있었다.

"그건 알아서 판단하시기 바랍니다. 그러면 전 이만 가 보겠습니다."

"김윤찬 교수! 내가 마지막으로 경고 하나만 하지. 강하다고 이기는 게 아니야. 끝까지 어떻게든 버텨 살아남는 놈이 강한 거지. 내가 지옥까지 경험하고 바득바득 기어 올라온 사람이라는 걸 잊지 마."

뒤돌아서려는 내 등에 대고 한상훈이 경고를 날렸다.

후후후, 나 역시 해저 2만 리보다 더한 지옥을 경험한 사람이야. 당신! 아직 멀었어.

"네, 교수님의 경고 새겨듣겠습니다."

"그래. 옛정을 생각해서 내가 조언 하나 하자면, 조만간 부교수 심사가 있을 예정이라더군!"

"……."

"이번에 강민우 건만 잘 해결되면 상당한 도움이 되겠지. 잘 한번 생각해 보라고! 우리 병원 역사상 지잡대 출신이 부교수가 된 케이스는 거의 없으니까 말이야."

역시나 남의 약점을 귀신처럼 파고들 줄 아는 능력을 가진 한상훈이었다.

한상훈이란 인간!

자신에게 이득이 되지 않는 일은 그 어떤 일도 하지 않는 한상훈.

그가 강민우를 데리고 오려는 데는 그만한 이유가 있을 것이다. 물론 그는 강민우의 건강 따위는 안중에도 없을 것이고.

또 순수하게 연희병원의 명성을 높이기 위한 충정(?)일 리도 없었으리라.

그런데 강민우를 왜 우리 병원으로 데리고 오고 싶어 하는 걸까?

내 뒷조사를 하고 하지만 교수를 협박할 정도로 절실해 보였다.

무엇이 그를 그토록 간절하게 만들었을까?

그렇다면 남은 건 단 하나.

고함 과장이 해 줄 수 없는 걸 해 줄 수 있는 누군가와 모종의 거래가 있었을 것.

본인에게 있어 강민우란 존재가 도움이 될 리 없다.

따라서 한상훈이 강민우에게 관심을 줄 이유가 없다.

하지만 누군가가 강민우에게 관심이 있다면 얘기는 달라진다. 그 누군가가 한상훈을 도와줄 능력이 있다면 더욱더!

결론은 한상훈 교수는 분명, 진료 부원장 또는 원장과 강민우를 놓고 모종의 거래를 했을 것이다.

딱히 권력욕이 없는 남상철 부원장은 아닐 것이다. 그렇다면 남은 건 원장뿐.

한상훈 교수의 입지를 보장하는 조건으로 거래가 있었을 것이라는 게 나의 합리적인 추론이었다.

한상훈의 의도를 파악했으면, 다음은 그에 대한 대책을 강구할 필요가 있었다.

띠띠띠띠.

"과장님."

나는 곧바로 고함 교수에게 전화를 걸었다.

ㅡ그래, 윤찬아.

"급히 상의드릴 것이 있습니다."

─그래? 그렇지 않아도 나도 너랑 상의할 게 있었는데, 잘 됐구나. 시간 괜찮으면 지금 내 방으로 올래?

"네, 그렇게 하겠습니다."

잠시 후, 고함 과장실.

"먼저 말해 봐. 나한테 할 얘기가 뭐지?"

자리에 앉자마자 고함 교수가 물었다.

"아닙니다. 과장님부터 말씀하십시오. 저한테 하실 말씀이 있으면 하십시오."

"그래, 그러면 내가 먼저 하마. 내가 강희대 하지만 교수와 통화를 했는데 말이다. 한상훈 교수가 최근에 하지만 교수를 만났다더구나."

"한상훈 교수님이요?"

"그래, 그 인간이 하지만 교수한테……."

그렇게 고함 과장이 한상훈 교수와 하지만 교수에 관한 일을 꺼냈다.

요약하자면, 한상훈 교수가 하지만 교수의 아들을 볼모로 자신에게 협박했다는 하지만 교수의 전언이었다.

"이 새끼 이거 어물전 망신은 꼴뚜기가 다 시킨다더니, 이게 무슨 지랄이야? 지랄이. 언감생심 하지만 교수님을 상대로 협박을 해?"

고함 과장의 표정이 심상치 않았다.

"그런 일이 있었군요."

"이 미친 인간이 하지만 교수를 완전히 삘로 본 거지."

"……."

"근데 한상훈이가 그 양반을 설렁설렁 봤나 본데, 그분 절대로 그런 걸로 타협할 분이 아니야."

"……."

"그렇게 더러운 물에 발을 담글 생각이었으면 지금 그렇게 야인으로 남아 있겠나? 어디 한 자리 차지해도 큰 자리를 차고앉았지. 한심한 인간 같으니라고!"

쯧쯧, 고함 과장이 한심하다는 듯이 혀를 찼다.

"그래서 결국은 어떻게 되신 겁니까?"

"뭘 어떻게 돼? 하 교수님 아들내미가 사고를 친 건 맞는 것 같아. 여태 하 교수님은 그걸 모르고 있었는데, 한상훈이 작정하고 하 교수님 아들 뒤를 캔 거고. 어떻게든 강민우를 데리고 오려고 말이야."

"네, 그런 것 같군요."

"뭐, 그렇다고 하 교수님이 눈 하나 깜박일 것 같아? 어림도 없지. 하 교수님은 아들을 자수시키겠다고 하시더군. 내가 다른 방법을 찾아보자고 하니까, 그럴 생각이 전혀 없으신 것 같아. 법대로 하겠다는 게 하 교수님의 생각이셔."

"네, 하 교수님이 힘든 결정을 하신 것 같군요."

"물론이야. 아무리 강직한 분이시라고 해도 하나밖에 없는 아들인데, 얼마나 속이 상하시겠나."

고함 과장이 안타까운 듯 눈을 꾹꾹 눌렀다.

"당연히 그러시겠죠. 그래도 정말 대단한 결정을 하신 것 같습니다."

"당연하지. 대통령 주치의 자리까지 포기하시고 결정하신 일이니까."

"음, 안타까운 일이군요."

"그래서 말이야. 내가 윤찬이 너를 부른 이유가 있어. 이번에 하 교수님이 아들 문제 때문에 당분간 휴직한다고 하시더라고."

"휴직이요?"

"그래. 아무래도 심적 부담이 되겠지. 지금까지 강직함 하나 가지고 사신 분인데 얼마나 충격이 크시겠나. 그래서 나도 딱히 말리지는 못했어."

"그렇다면?"

"강민우 환자 치료를 맡아 달라고 하시더군."

"과장님한테요?"

"그래. 비록 병원은 연희랑 강희로 갈라졌지만, 학부 때부터 내가 가장 존경하는 선배님이셨거든. 물론, 하 교수님 입장에서도 믿을 사람은 나뿐이라고 생각했겠지만 말이야."

"그러면 강민우 씨가 우리 병원으로 온다는 겁니까?"

"그래, 대충 보니까 폐에 문제가 있지만 크게 우려할 정도는 아닌 것 같은데, 하지만 교수님은 또 다르게 말씀하시더라고."

"어떻게 말입니까?"

"자기가 시간이 좀 더 있으면 추가로 몇 가지 정도를 더 검사해 보고 싶은데, 기획사 쪽에서 반대하고 있나 봐."

"반대하고 있다고요?"

"응, 아무래도 줄줄이 잡힌 스케줄 때문인 것 같다고 하시네?"

"하 교수님이 의심이 가는 부분이 있다면 뭔가 문제가 있다는 것 아닙니까?"

"아무래도 그럴 가능성이 높지 않을까 해. 하 교수님 실력이야 이 바닥에서 모르는 사람이 없지. 그러니까 나보고 데리고 가서 살펴보라고 하시는 것 같은데, 그게 사정이 여의치 않잖아?"

강희병원과 HYT엔터테인먼트와의 관계를 말하는 모양이었다.

"아무래도 HYT엔터 대표와 강희병원 원장이 형제지간이라는 게 문제가 되겠군요."

"그래. 하 교수님도 적극 나를 추천하겠다고는 하지만, 그게 어디 쉬운 일인가? 강희병원 입장에선 눈뜨고 코 베이는 거나 다름없는 일일 텐데. 어떻게 해야 될지 모르겠네."

고함 과장이 답답한 듯 입술을 잘근거렸다.

"과장님, 그 일은 제게 맡겨 주십시오. 제가 해결해 보겠습니다."

"그래, 네가 해결하는 게……. 뭐라고? 그, 그걸 네가 어떻게 해결해?"

깜짝 놀란 고함 교수가 말을 더듬거렸다.

"뭐. 지성이면 감천이죠. 일단 한번 부딪쳐 봐야 하지 않겠습니까?"

"그러니까 어떻게 하겠다는 거야?"

"강민우 씨가 자발적으로 우리 병원에 오면 되는 거 아닙니까? 환자 본인이 오겠다는데, 누가 말리겠습니까?"

"그러니까 인마! 그걸 어떻게 할 수 있냐고?"

"음, 글쎄요. 제가 언제 빈말하는 거 봤습니까?"

"아냐, 미치겠네? 도대체 네 머릿속에는 뭐가 들어가 앉아 있는 거냐? 네 말대로 아무런 근거도 없이 떠드는 건 아닐 테고……. 무슨 뾰족한 수가 있는 거야?"

고함 교수가 이해할 수 없다는 듯이 고개를 갸웃거렸다.

"자세히는 말씀드릴 수 없고요. 아무튼 그 문제는 제가 알아서 처리할 테니까, 대신 과장님이 해 주셔야 할 일이 있습니다."

"도대체 무슨 꿍꿍이가 있는 건지. 알았다, 내가 해야 할 일이 뭐야?"

"지금 즉시, 원장님을 만나십시오."

"원장님을 왜?"

"과장님, 아마도 한상훈 교수가 그런 무리수를 둔 데에는 원장님과 모종의 거래가 있었을 겁니다. 가뜩이나 이것저것 입지가 좁아진 한 교수님이 이렇게 움직일 때는 뭔가 이유가 있을 테니까요."

"음, 뭐. 쥐 새끼도 궁지에 몰리면 고양이를 문다는 말도 있듯이, 재기할 수 있는 방법이 있다면 물불을 안 가리고 덤빌 인간이긴 하지. 그러니까, 네 말은 원장이 강민우를 데리고 오게 하려고 한상훈을 선수로 뛰게 한 거다, 이건가?"

"네. 아직까진 제 추측일 뿐이지만, 그럴 가능성은 충분하다고 봅니다. 원장님이시라면."

"음, 탐욕이라면 둘째가라면 서러워할 남구로 원장이라면 못 할 일도 아니긴 하지. 그렇지 않아도 나한테 언뜻 그런 뜻을 내비친 적이 있었거든."

고함 과장이 이제야 이해가 된다는 듯이 고개를 끄덕였다.

"네, 그렇습니다. 그러니 원장님을 만나시라는 겁니다."

"내가 원장을 만나서 뭘 하라는 거야?"

"명확하게 해 두셔야죠. 이번 일이 성사되면 모든 공은 한상훈 교수가 아닌, 과장님의 공이었다는 것을요."

"에이, 됐어! 내가 그런 공치사나 바라고 이러는 줄 알아? 특별히 하 교수님이 부탁을 하시니……."

"과장님! 저는 과장님께 단순히 공치사를 받으시라고 그러는 것이 아닙니다. 전, 과장님께서 무슨 생각을 하시는지 충분히 이해하고 지지하는 사람 중 한 사람입니다."

"그런데 뭐? 왜 나보고 그런 낯 뜨거운 짓을 하라는 거야?"

"우리 흉부외과 전체를 위해서입니다. 과장님께서 움직이시지 않으면 이 모든 공은 한상훈 교수에게 돌아갈 것이고, 그렇게 되면 괴로워지는 건 저와 이택진 선생을 비롯한 모든 수련의의 몫이 되겠죠."

"아니, 내가 이렇게 두 눈 뜨고 살아 있는데, 그게 말이 돼?"

"네! 말이 됩니다. 우린 과장님보다 한상훈 교수와 더 자주 부딪치게 될 테니까요."

"음……. 아주 몹쓸 놈이구먼, 그 인간!"

고함 교수가 송곳니를 내보이며 분노했다.

"그리고 하나가 더 있습니다. 이번 일을 계기로 우리 과가 지원을 받을 수 있도록 약속을 받아 주십시오. 명색이 국내 최고의 흉부외과인 우리 과의 사정은 최악입니다. 첨단 의료 기기는커녕, 수련의들 복지 시설도 제대로 되어 있는 게 없습니다. 지금은 악으로 깡으로 버티던 옛날과 다르지 않습니까?"

"음, 그러니까 나보고 원장과 거래를 해라?"

"네, 거래해 주십시오. 저와 후배들을 아끼고 사랑하신다면요. 한상훈 교수는 오로지 자신의 입지를 확보하기 위해서이지 않습니까? 최소한 그건 막아야지요."

"원장한테 비굴하게 굴어라, 이건가?"

"만약 제가 과장님의 위치에 있다면 그것보다 더한 것도 하겠습니다. 내 새끼들을 위해서라면. 제가 부모니까요. 부모가 자식을 위해서 그깟 자존심 하나 버리지 못하겠습니까? 목이라도 내놓으라면 내놓을 것 같습니다."

"하아, 새끼! 거 할 말 없게 만드네? 좋아! 네 말대로 한다고 치자. 근데 말이야. 내가 그렇게 원장한테 설레발을 쳐 놓고 만약에 일이 틀어지면 어쩌냐? 내 꼴만 우스워지는 거 아니냐?"

"걱정 마십시오. 강민우 환자! 반드시 우리 병원으로 옵니다!"

"도대체 뭐가 뭔지 하나도 모르겠군. 너, 정말 자신 있는 거지?"

고함 과장이 불안한 듯 되물었다.

"네, 저 김윤찬입니다."

"허허허, 김윤찬이란 말을 들으니까 왠지 뭔가 되긴 될 것 같기도 하다, 그치?"

"네, 절 믿으시면 됩니다. 과장님!"

"오케바리! 내 새끼가 그렇게 원한다는데, 부모가 되어 가지고 그깟 고개 한번 숙이는 게 뭐가 어렵겠냐? 좋아! 내가 원장을 한번 만나 보마."

고함 교수가 마음을 정한 듯, 고개를 끄덕였다.

"감사합니다. 교수님!"

"그래. 그럼 좀 전에 나한테 하려고 했던 말이 이거냐?"

"네, 과장님!"

그리고 다음 날, 남구로 원장실.

고함 과장이 김윤찬의 말대로 남구로 원장실을 찾아갔다.

"그래, 고 과장이 무슨 일로 나를 보자 했지?"

평소에 고함 과장을 탐탁지 않게 생각하던 남구로 원장이었다.

"지난번에 말씀하셨던 부탁, 제가 한번 추진해 보도록 하겠습니다."

"지난번에? 내가 고 과장한테 무슨 부탁을 했지?"

남구로 원장이 고개를 갸웃거렸다.

"강민우 환자, 우리 병원으로 데리고 오겠습니다!"

"뭐, 뭐라고?"

강민우라는 말에 즉각적으로 반응하는 남구로 원장이었다.

"제가 강민우 씨를 우리 병원으로 데리고 오겠다고 했습니다."

"그래요? 그게 가능한 겁니까?"

남구로 원장의 입장에서는 한상훈이 데리고 오든 고함 과장이 데리고 오든 무슨 상관이 있겠는가?

"네, 저 허튼소리 하는 사람 아닙니다."

"암요! 우리 고 과장이 허튼소리 할 사람은 결코 아니죠. 그런데 말이에요. 이거 좀 이상하지 않아요?"

"뭐가 말입니까?"

"전에 내가 고 과장한테 부탁했을 때는 일언지하에 거절하지 않았소? 그런데 갑자기 왜 생각이 바뀐 겁니까?"

누구보다 의심 많은 남구로 원장이었기에 지금의 질문은 적절했다. 게다가 아직은 한상훈으로부터 어떠한 경과 보고도 받지 못했기에, 그의 입장에선 고함 과장과 한상훈을 저울에 올려놓고 간을 볼 필요가 있었다.

그는 저울이 조금이라도 고함 과장 쪽으로 기운다면 일말의 미련도 없이 한상훈을 버릴 수 있는 사람이었다.

"사람의 생각은 언제나 바뀔 수 있는 거니까요."

"그래서 생각이 바뀌었다? 이겁니까?"

"네, 그렇습니다."

"사람이 생각을 바꿀 때는 그만한 이유가 있을 텐데요? 분명 내게 원하는 것이 있을 텐데? 강민우를 데리고 오는 대가로 말이오?"

역시나 두뇌 회전이 빠른 남구로 원장이었다.

"네, 물론입니다."

"오호! 이거 참 신선한 충격이구먼. 천하의 고 과장이 나와 거래를 하겠다, 이건가요?"

"필요하다면요."

"허허허, 이거 세상 오래 살고 볼 일이구먼. 좋아요! 굉장히 흥미가 당기는군요. 강민우를 데리고 오는 조건으로 나한테 무엇을 얻고 싶은 겁니까?"

"어려운 부탁일 겁니다."

"음, 고 과장이 그렇게 나오니까 가슴이 철렁하는군요. 좋습니다. 어디 들어나 봅시다."

조금은 긴장한 듯 남구로 원장이 비틀어진 넥타이를 바로 했다.

"곧 있을 김윤찬 선생의 부교수 심사에서 타 학교 출신 감점 제도를 재고해 주십시오."

"타 학교 출신 감점 제도? 그게 무슨 말입니까? 우리 병원에 그런 제도……."

"원장님! 제가 이곳에서 일한 지 30년이 넘었습니다."

이 말 한마디면 모든 것이 끝이었다.

"흠흠흠, 말조심합시다. 아무리 같은 식구라지만 이런 말이 새어 나가면 좋을 게 뭐가 있겠소."

"그러니까요. 원장님께서 저를 같은 식구로 생각하시고 저 역시 김윤찬 선생을 같은 식구로 생각하고 있기 때문에, 결론적으로 원장님과 김윤찬 선생은 같은 식구가 되겠죠. 그러니, 김윤찬 선생의 부교수 임용 평가에 출신 학교 가산점 제도는 삭제해 주시고, 오로지 실력과 실적으로만 평가해 주신다고 약속해 주신다면……."

"그렇게 약속해 준다면?"

"네, 반드시 강민우 씨를 우리 병원으로 데리고 오겠습니다. 제 직함을 걸고요."

김윤찬이 그토록 자신감을 보였다 할지라도 그 일을 김윤찬에게 떠넘길 생각이 눈곱만큼도 없는 고함 과장이었다.

자신이 직접 나서려고 하는 것. 그래서 김윤찬에게 그 어떤 위험도 불이익도 돌아가지 않게 하려는 것이 고함 과장의 뜻이었으리라.

"좋습니다! 그 정도야 내 손에서 해결할 수 있는 일이요. 다만, 지금 고함 과장의 직을 걸고 말한다고 했소?"

"그렇습니다. 다만 한 가지 약속을 더 해 주셔야 할 것이 있습니다."

"음, 뭐죠?"

남구로 원장이 고개를 갸웃거렸다.

"김윤찬 선생 이후로 최소한 우리 과에서 타 학교 출신이라고 해서 불이익을 받는 사례가 생기지 않았으면 좋겠습니다.”

“음, 단발성이 아니라는 뜻인가요?”

“그렇습니다. 제 실력대로 제대로 평가받을 수 있는 시스템이 갖춰져야 하지 않겠습니까?”

타 학교 감점제 폐지.

이건 남구로 원장이 힘을 쓴다고 해결될 일이 아니다. 교수 회의를 소집해야 할 중대 사안으로, 표결을 붙인다면 부결은 불 보듯 뻔한 것.

하지만 일단 물꼬를 터놓는 것과 그러지 않은 것은 천지 차이. 게다가 비인기학과인 흉부외과에 연희대 출신 수련의들이 거의 없다는 건, 그만큼 남구로 원장이 고려해 볼 만한 사안이라는 걸 노린 고함 교수의 전략이었다.

“흉부외과에 한정적으로 말입니까?”

“네, 그렇습니다. 우리 병원 전 과에 적용하기엔 저 역시 무리라고 생각하니까요.”

“흉부외과를 예외로 해 달라…….”

또각또각, 자신의 손으로 턱을 괴고 장고에 들어간 남구로 원장.

“…….”

“좋습니다. 긍정적으로 검토해 보죠.”

머릿속으로 계산이 끝났는지 남구로 원장이 고개를 끄덕였다.

"감사합니다. 그렇다면 저에게 원장님의 친필 확약서를 한 부 작성해서 주십시오."

"친필 확약서? 하하하, 우리 고함 교수가 언제부터 이렇게 장사를 할 줄 아는 사람이었습니까?"

"뭐. 이 세상이 저를 이렇게 만들더군요."

"까짓것 좋습니다. 못 해 줄 것도 없죠."

그깟 확약서 하나가 뭐가 대수겠는가? 어차피 교수 회의에 상정해 부결시키면 그만인 것을.

남구로 원장이 흔쾌히 고함 교수의 제안을 받아들였다.

"네, 감사합니다."

물론 이 또한, 모를 리 없는 고함 교수였다.

하지만 원장의 확약서를 손에 쥐고 있는 것과 없는 것은 천지 차이였으리라.

"만약 고함 과장이 나와의 약속을 지키지 못한다면? 그때는 어떻게 하겠습니까?"

"제 직을 걸겠다고 했을 텐데요?"

"음, 그 말은 모든 것을 나한테 위임한다는 소리 같은데? 제가 똑바로 이해했습니까?"

남구로 원장이 날카로운 시선으로 고함 과장을 노려봤다.

"네, 그렇게 하십시오. 어차피 전 필드에서 굴러먹던 놈이라 제 책상에 놓인 과장이라고 찍힌 명패가 거추장스러울

뿐입니다. 그 명패를 말씀하시는 거라면 원장님 뜻대로 하십시오."

고함 과장이 대수롭지 않다는 듯이 고개를 끄덕였다.

"후후후, 재밌네요. 뭐, 아무튼 우리 거래가 성사된 것으로 알겠습니다."

"네, 그렇게 하십시오."

"그건 그렇고 내가 고 과장한테 뭐 하나 물어봐도 되겠소?"

"네, 그러십시오."

"난 도통 이해가 안 되어서 그러는데, 힘들게 앉은 과장 자리를 양보할 정도로 김윤찬 선생이 고 교수에게 중요한 사람이오?"

"김윤찬 선생이라서가 아니라 저의 제자라서입니다. 실력 있는 제자가 그 실력을 제대로 발휘 못 한다면 스승으로서 매우 불행한 일이니까요."

"제자라……. 쌍팔년도 감성이로군요. 아무튼, 좋습니다. 고 과장이 그렇게 말씀해 주신다면 저 역시 마다할 이유가 없지요. 그렇게 합시다."

고함 과장의 말대로 강민우를 데리고 온다면 그대로 좋은 것이고, 설사 약속을 못 지키더라도 눈엣가시 같은 고함 과장의 운명을 쥐고 흔들 수 있다면 그 또한 남구로 원장에겐 기쁘지 않은가?

졸지에 꽃놀이패를 양손에 쥐게 된 남구로 원장.

남구로 원장의 입장에선 고함 과장의 제안을 마다할 이유가 전혀 없었다.

♥

하지만 교수 댁.

강민우를 놓고 남구로 원장과 거래를 한 고함 교수는, 강민우의 주치의였던 하지만 교수를 만나러 갔다.

"선배님, 얼마 전에 강민우 씨를 좀 더 살펴봐야 한다고 하셨잖습니까?"

고함 교수가 하지만 교수에게 물었다.

"그랬지."

"이유가 뭔가요? 선배님의 고견을 듣고 싶습니다."

"음……. 단순 국소 섬유성 병변이 아닐 수도 있겠다는 생각이 들었어."

"섬유성 병변이 아니라고요?"

"그렇다네."

하지만 교수가 심각한 표정으로 고개를 끄덕였다.

"단순 결절이 아니라고 말씀하신 근거는 뭡니까?"

"극심한 다리 통증과 허리 통증이 동반되었거든."

"다리 통증과 허리요?"

"그렇다네. 하지만 정형외과적인 이상 소견은 없었어."

"정형외과적 이상 소견이 없다는 말씀은……. 설마?"

"그렇다고 해서 확신할 순 없지만, 자네가 지금 생각하고 있는 것일 수도 있어."

"그렇다면 비소세포암이란 말씀입니까? 뼈 전이가 이뤄졌을 정도로면 검사상 그걸 못 잡아내지는 않았을 텐데요?"

"그래. 일단 병변이 명확한 결절로 보이지 않았고, 검사 결과 그 국소적 병변 부위와 혈관 및 기관지 번들 음영, 늑골 부위의 비정형적인 음영이 겹치면서 병변을 정확히 판독하기가 힘들었어. 그래서 재검사를 하려고 하던 찰나에 이 일이 터지고 만 걸세."

"음, 간혹 그런 케이스가 있긴 하죠. 그렇다면 선배님은 비소세포암일 확률을 어느 정도로 보고 계신 겁니까?"

"글쎄. 정밀 검사를 하지 않은 상태에서 딱히 말하긴 힘들지만, 최소 5 대 5는 되지 않겠나? 따라서 하루라도 빨리 강민우 환자를 자네가 보라는 말일세."

"그렇군요."

고함 교수가 심각한 표정으로 고개를 끄덕였다.

"일단 환자부터 봐야 할 것 같습니다."

"그러면 좋겠는데, 그게 쉽지가 않단 말이지. 워낙 소속사에서 철벽을 쳐 놓아서 말이야."

하지만 교수가 고개를 갸웃거렸다.

"강민우 씨, 보호자는 없습니까?"

"내가 알기론 없어. 있다 해도 소속사에서 전부 통제하기 때문에 보호자를 설득한다 해도 쉽지 않을 거야."

"아니, 그게 말이 됩니까? 소속 가수가 폐암일지도 모르는데, 이렇게 무방비 상태로 둔다뇨?"

"나도 그 부분이 당최 이해가 되질 않아."

"어차피 가수가 없으면 무슨 대형 기획이 무슨 의미가 있습니까? 사람부터 살려 놔야 할 것 아닙니까?"

"그러게 말일세. 나도 답답할 노릇이야."

후우, 하지만 교수가 깊은 한숨을 내쉬었다.

"제가 일단 소속사 대표를 한번 만나 봐야 할 것 같습니다. 죄송하지만 선배님이 다리를 놔 주실 수 있으시겠습니까?"

"뭐, 그거야 어려울 게 있겠나? 하지만 쉽지는 않을 걸세."

"일단 부딪쳐 보는 거죠. 벌써부터 포기할 순 없지 않습니까? 일단 제가 한번 만나서 설득해 보겠습니다."

"그래그래, 그건 자네가 알아서 하도록 해. 그나저나 말이야, 자네 혹시 김윤찬이라고 하나?"

"네? 김윤찬이요?"

"그래, 자네 병원에서 근무한다고 하던데? 그 친구가 날 찾아왔더군."

"네, 맞습니다. 근데 윤찬이가 선배님을 찾아왔었다고요?"

"그래. 그 친구가 어제 나를 찾아왔어."

"윤찬이가 왜요?"

고함 교수가 궁금한 듯 물었다.

"강민우 환자의 상태를 여쭤보더군."

"그래서 뭐라고 대답해 주셨습니까?"

"그야 뭐. 내가 그 친구한테 강민우의 몸 상태를 자세히 설명해 줄 순 없지 않은가? 근데 한민국이라고 강민우 소속사 이사를 데리고 왔기에, 있는 그대로 설명해 줬네."

"한민국 이사요?"

"그래, 실질적으로 강민우의 보호자 역할을 하는 사람이지. 난 자네가 보낸 줄 알았는데, 아닌가?"

"아, 네. 뭐. 그냥……."

"표정을 보니 아닌가 보군."

하지만 교수가 고함 교수의 표정을 살피더니 고개를 내저었다.

"네. 제 제자는 맞긴 하지만, 제가 보낸 건 아니었습니다."

"그렇군. 그나저나 내가 뭐 좀 물어봄세."

하지만 교수가 안경테를 슬쩍 들어 올리며 물었다.

"네, 교수님. 말씀하십시오."

"김윤찬 그 친구 말이야……. 어떤 친구야? 제법 눈빛이 살아 있던데 말이야."

"네, 제가 가장 아끼는 제자입니다. 실력도 실력이지만 인성이 제대로 갖춰진 친구죠. 잘만 키우면 훌륭한 써전이 될 자질이 있는 재목입니다."

"그래? 내가 보기엔 더 키울 것도 없을 것 같던데?"

"네? 그게 무슨 말씀입니까?"

"그 녀석, 강민우에 대해서 모든 걸 다 알고 온 것 같던데?"

하지만 교수가 고개를 갸웃거렸다.

"네? 그게 무슨 말입니까? 다 알다뇨? 뭘 알아요?"

깜짝 놀란 고함 교수가 눈을 깜박거렸다.

록 스타 모셔 오기 (2)

열흘 전, 돼지갈빗집.

"순남아, 네가 본 대로만 말해 봐. 강 로커님이 어떤 증세를 보였는지."

"기억이 잘 나지 않는데……. 특별한 증세는 없었던 것 같아요."

"그래도 잘 한번 생각해 봐. 분명 뭔가 이상한 점이 있었을 거야."

"음……. 기침을 심하게 했고, 가래가 자주 낀다고 하셨어요."

"그거 말고는?"

"글쎄요. 얼굴이 창백해 보이는 것 말고는 특별한 게 없었는데……."

진순남이 고개를 갸우뚱거렸다.

"그래? 다른 건 없고?"

"다리가 굉장히 저린다고 했어요. 저 준다고 냉장고에서 음료수 꺼내시는데, 굉장히 아파했거든요?"

"다리가?"

"네네, 다리뿐만 아니라 허리도 엄청 아프시다고 했던 것 같아요."

그제야 생각이 났는지 진순남이 고개를 끄덕였다.

"허리하고 다리가 아프다고? 어떻게 아프다고 하던? 뻐근하거나 움직일 때마다 극심한 통증이 온다거나 뭐 그런 현상을 호소하든?"

"아, 아뇨. 그런 거는 아닌 것 같아요."

"음……. 다른 건?"

"다른 거라……. 아! 맞다. 허리에 종기가 생겼다고 했어요. 그래서 바로 눕지 못하신다고."

"종기가 생겼다고?"

"네, 치료를 받았는데도 잘 없어지지 않는다고 곤혹스러워하셨어요! 근데, 그 종기랑 폐랑 연관이 있는 건가요?"

당연히 있지.

허리에 종기? 순남이가 본 건 종창을 말하는 거다.

일반적으로 생긴 종창과 폐암의 뼈 전이에 의해 생긴 종창은 확연히 다르다.

일반적인 종창이라면 약으로도 충분히 다스릴 수 있지만, 암세포에 의한 종기라면 어지간해선 약이 듣지 않는다.

폐가 안 좋은 사람이 다리와 허리의 불분명한 통증을 호소하고 종창까지? 그렇다면??

"강 로커님이 입원한 병실이 본관 VIP 룸이라고 했지?"

"아, 거기가 본관이에요?? 중앙에 가장 높은 빌딩?"

"그래, 거기가 본관이야."

"그러면 본관 맞아요."

진순남이 고개를 끄덕였다.

본관 VIP 병실이라.

정형외과 병동과는 상당한 거리가 있는 곳이다. 정형외과적인 문제가 있었다면 본관 VIP 병실이 아니라 서관 VIP 병실에 입원을 해야 원활하게 치료를 받을 수 있을 것. 그럼에도 불구하고 본관 VIP 병실에 입원했다는 건, 정형외과적인 문제가 없었다는 뜻.

정형외과에서도 통증의 정확한 진단을 하지 못했다는 뜻이다.

섬유성 병변과 함께 허리와 다리 쪽 이유 없는 통증 그리고 허리 부위에 종창까지.

비소세포암의 뼈 전이를 배제할 수 없다!

하루라도 빨리 강민우 로커를 우리 병원으로 데리고 와

야 해!

내가 내린 결론.

반반의 확률로 강민우 로커는 비소세포암을 앓고 있을지
도 모른다였다.

병원 인근 카페.

김윤찬이 강민우에 대해 논의하기 위해 한민국 이사를 만
났다.

"안녕하세요."

"네, 안녕하세요. 선생님. 민우로부터 말씀 많이 들었습니
다."

한민국 이사가 정중하게 인사했다.

"강 로커님은 어떠십니까?"

"음, 지금 많이 회복되어서 다음 주 중으로 퇴원할 예정입
니다. 곧 있을 홍콩 콘서트 준비에 차질이 생겼거든요."

"퇴원이요? 왜요?"

"허허허, 왜라뇨? 그런 말이 어딨습니까? 아픈 데가 나았
으면 퇴원하는 건 당연한 것 아닙니까?"

내 '왜요?'라는 물음에 한민국이 당황한 듯 이마를 긁적거
렸다.

"다시 묻겠습니다. 강 로커님이 정말 다 나았습니까?"

"그럼요. 이제 기침도 멈추고 목 상태도 아주 좋은 상태입니다."

"절뚝거리는 건요? 허리를 제대로 펴지도 못할 텐데요?"

"그건 한동안 무리해서 운동하는 바람에 일시적으로 근육이……."

"아뇨, 단순 근육통이 아닐 수 있습니다."

"정형외과에서 아무 이상이 없다고 했는데요?"

"그게 더 무서운 겁니다. 정형외과적 소견이 없는데, 왜 다리가 저리듯이 아프고, 허리는 날카로운 것으로 찌르는 듯이 아프겠습니까? 강 로커님, 지금 심각한 상태일 수 있습니다."

"담당 주치의 선생님도 아무 말씀 없으셨는데요?"

"그쪽에서 검사를 못 하게 방해하니까 그렇죠. 의사 입장에서는 검사 결과를 확인하지 않은 상태에서 보호자나 환자에게 그 어떤 말씀도 드릴 수 없는 겁니다!"

"음……. 이번 콘서트는 민우에겐 아주 중요한……."

"이번 치료는 강 로커님의 생명과 연관된 겁니다. 강 로커님의 생명보다 더 중요합니까? 그 콘서트가?"

"그, 그건 아니지만, 담당 주치의셨던 하지만 교수님도 별문제가 없다고 하셨습니다."

"하지만 교수님께 직접 들으신 말씀입니까?"

"아니, 그 밑에 계시는 의사 선생님이……."

"하지만 교수님이 직접 그렇게 말씀하셨다고 하시던가요?"

"아, 그게……."

김윤찬이 한민국의 말허리를 자르며 되물었다.

"그건 아닙니다. 하지만 제가 누구보다 민우를 잘 아는 사람입니다. 본인도 퇴원을 강력하게 원하고 있어요."

"그렇군요. 강 로커님에 대해서 이사님이 더 잘 알고 계실지도 모르죠. 하지만 강 로커님의 몸 상태는 제가 이 세상 그 누구보다 잘 알고 있습니다. 지금 강 로커님 치료하지 않으면 평생 그 목숨보다 사랑하는 노래를 부르지 못할 수도 있습니다!"

"음……. 그 정도로 심각하다는 겁니까?"

"심각할 수 있다는 겁니다. 그러니까 연희병원으로 옮겨 검사를 하자는 것 아닙니까?"

"흐음, 알겠습니다. 제가 대표님과 상의를……."

"아뇨. 상의할 시간이 없습니다. 제가 들은 바로는 그 대표님이란 분, 강 로커님을 그저 돈 벌어다 주는 기계로 여길 뿐이더군요. 그래서 제가 이사님을 찾아온 겁니다. 말씀하신 대로 강 로커님을 가장 잘 알고 아끼시는 분이니까요. 제 말이 틀렸습니까?"

"음, 알겠습니다. 그래도 저한테 시간을 주셔야 무슨 일이든 처리를 할 것 아닙니까? 민우는 그저 단순한 한 명의 소속 가수가 아닙니다. 우리 회사를 대표하는 메인 브랜드죠."

"그러니까 지금 당장 일어나십시오. 그 메인 브랜드 잃고 싶지 않으면!"

"네? 지금 당장요?"

"그렇습니다. 지금 당장 하지만 교수님을 만나 뵈러 가죠. 그분의 입에서 정말 괜찮다는 말씀이 나온다면 그때는 저도 이사님의 뜻대로 하겠습니다."

"좋습니다. 그렇게 하시죠."

그렇게 김윤찬과 한민국은 하지만 교수를 만났고, 하지만 교수의 입에서 나온 말은 김윤찬의 그것과 조금도 다르지 않았다.

강민우가 비소세포암에 걸렸을 확률이 5 대 5라는 것까지도.

그렇게 하지만 교수를 만난 한민국.

결국, 김윤찬의 뜻을 따르지 않을 수 없었다.

♥

강희병원 VIP 병실.

"선생님!!"

강민우가 김윤찬을 보자 자리에서 벌떡 일어났다.

"강 로커님! 반갑습니다."

"네네, 정말 보고 싶었습니다."

"후후후, 전 언제나 강 로커님을 보고 있었는걸요."

김윤찬이 다가와 강민우의 손을 덥석 움켜쥐었다.

"선생님을 얼마나 기다렸는지 몰라요! 순남이 만나신 거예요?"

"네, 순남이한테 얘기 듣고 나서 이렇게 달려왔어요."

"잘 오셨어요! 정말 잘 오셨어요."

강민우가 돌아가신 부모님을 다시 만난 것보다 더 기뻐했다.

"저도 강 로커님 보고 싶어 죽는 줄 알았어요. 이렇게 보니 너무 좋네요."

"그럼요! 처음부터 전 선생님한테 치료받으려고 했는데. 회사에서 절 이렇게 감금해 놓고 나가지도 못하게 하잖아요!"

흠흠흠.

강민우가 병실을 지키고 있던 경호원들을 째려봤다.

"그래요. 이제부터는 제가 강 로커님을 치료해 드릴게요. 그 옛날 그랬던 것처럼!"

"저 솔직히 많이 아파요. 다리도 너무 아프고 허리도 아프고, 이제 숨도 좀 차는 것 같고요."

"그때도 그러셨습니다."

"저 계속 노래 부를 수 있는 거죠?"

강민우가 조심스럽게 물었다.

"음, 전에도 합창하셨잖아요."

이 말 한마디면 충분했으리라.

강민우에게 있어 김윤찬은 믿음 그 자체였다.

"네네, 선생님 뵈니까 벌써 몸이 가뿐해지는 것 같아요."

양팔을 들어 기지개를 켜는 강민우였다.

"이제 우리 병원으로 가시죠. 그 옛날처럼 우리 다시 뭉쳐 봐요."

"네! 통통이 삼총사, 범식 아재, 미연 선생님! 전부 정말 보고 싶어요. 그 사람들이랑 함께 있으면 하나도 안 아플 것 같아요."

"그러게요. 저도 전부 너무 보고 싶네요."

"그나저나 선생님, 이쪽으로 가까이 와 봐요. 물어볼 거 있어요."

강민우가 김윤찬을 향해 손짓했다.

"네? 뭘요?"

"미연 선생님이랑은 어떻게 되셨어요? 두 분이 분명 썸을 타셨던 것 같은데?"

강민우가 눈치를 살피며 소곤거렸다.

"아! 후우……"

깊은 한숨을 내쉬는 김윤찬.

"왜요? 왜요? 잘 안 되신 거예요?"

"에휴, 저 혼자 김칫국 드링킹한 것 같더라고요. 저도 그런 줄 알고 대시했다가 보기 좋게 차였어요. 자기 좋아하는 사람 있대요."

"앗! 뭐야? 그 미연 선생님 선배님요?"

"……."

김윤찬이 말없이 고개를 떨궜다.

"아닌데? 분명 미연 선생님은 선생님한테 마음이 있었는데?"

강민우가 의심스럽다는 듯이 고개를 내저었다.

"뭐. 어쩔 수 없죠. 싫다는 사람 억지로 쫓아다닐 순 없잖아요. 아무튼, 지금부터 제 애인은 강 로커님이십니다. 잘 부탁드려요?"

"하하하, 애인이요? 이거 좀 듣기가 거북하군요?"

강민우가 어색한 듯 뒷머리를 긁적거렸다.

"하하하, 오해는 마십시오. 제 환자는 전부 저한테 애인이니까."

"그래요? 헐, 갑자기 서운해지는 이 기분은 뭡니까?"

오랜만에 환하게 웃는 강민우.

김윤찬은 그런 사람이었다, 다른 사람들을 웃게 해 줄 수 있는.

그렇게 강민우는 우여곡절 끝에 연희병원으로 옮길 수 있었다.

그리고 다음 날, 한상훈 교수실.

띠띠띠띠.

급히 남구로 원장에게 전화를 거는 한상훈.

-나요. 무슨 일이오, 한 교수?

"원장님, 기쁜 소식입니다. 지금 바로 올라가겠습니다."

-아, 아니에요. 저 지금 일이 좀 바쁩니다. 나중에 얘기하든가 합시다. 그럼 전화 끊습…….

"원장님, 마침내 강민우 씨가 우리 병원으로 전원하기로 했습니다!"

남구로 원장이 전화를 끊으려 하자 한상훈 교수가 재빨리 말을 이어 갔다.

-그래요?

대수롭지 않다는 듯한 남구로 원장의 목소리였다.

"네네, 제가 직접 하지만 교수님을 만나서 담판을 지었거든요. 아무래도 제 전략이 먹힌 것 같습니다."

-후후후, 그런 것 같군요. 수고했어요.

"따님도 엄청 좋아하겠군요."

-무슨 그런 헛소리를 하시는 겁니까? 누가 들으면 내 딸 때문에 강민우를 데리고 온 줄 알겠어요? 어디 가서 함부로 그런 소리 하지 마세요!

"아, 네. 죄송합니다. 제가 좀 경솔했습니다. 하아, 아무튼, 제가 강민우를 데리고 오느라고 진땀을 뺐습니다. 이 점, 꼭 고려해 주십시오."

―그래요. 한상훈 교수의 공이 크긴 했죠. 하지만 교수가 휴직을 하지 않았으면 쉽지 않았을 테니까. 당신이 하지만 교수한테 가서 협박했다면서요?

"네?"

―당신이 하지만 교수의 아들을 볼모로 하지만 교수를 협박했다는 거, 이 바닥에서 모르는 사람 아무도 없어요.

"아니, 그건 협박이 아니라……."

―그래요, 그럽시다. 어떻게 됐든, 강민우는 우리 병원에 왔고, 그 결과에 한상훈 교수도 일정 지분이 있으니, 우리 병원 교수로서 명예를 실추시킨 건 용서하리다.

"네? 그게 무슨 말씀입니까?"

―그러면 바빠서 이만!

남구로 원장이 냉정하게 한상훈의 말허리를 잘라 버렸다.

―어디 가서 동네 양아치 짓이야? 쌈마이처럼! 젠장!

뚝!

충분히 들리도록 혼잣말을 중얼거리며 전화를 끊는 남구로 원장.

"아아아악!"

역시나, 괴성밖에 지를 것이 없는 한상훈이었다.

그리고 며칠 후.

마침내 연희병원으로 옮긴 강민우의 정밀 검사 결과가 나왔다.

♥

고함 교수 과장실.

강민우의 검사 결과가 나왔고, 고함 과장의 호출을 받은 김윤찬과 이기석 교수가 그의 집무실에 모였다.

휘리릭, 휘리릭.

검사 결과를 살펴보는 세 사람. 페이지를 넘길 때마다 세 사람 모두 공통적으로 표정이 어두워졌다.

그저 숨소리만 들릴 뿐, 그 누구도 먼저 말을 꺼내지 않았다.

단순 결절 대 비소세포암.

50 대 50의 확률.

김윤찬을 비롯한 모든 사람은 전자가 나와 주길 간절히 바랐지만, 신은 그들의 희망을 외면하고 말았다.

충격적이게도 천상의 목소리를 가진 대한민국 최고의 로커, 강민우는 비소세포암에 걸리고 말았다.

가장 먼저 입을 연 건 고함 과장이었다.

"다들 어떻게 생각해?"

다른 사람들을 바라보는 고함 교수의 눈빛. 조금이라도 자신의 생각과 다른 것이 있기를 간절히 바라는 눈빛이었다.

"……."

"……."

그럴 리가 있겠는가?

김윤찬, 이기석 교수 역시 고함 교수의 생각과 조금도 다를 리가 없었다.

"흐음, 안타깝게도 논 스몰 셀 칼시노마(비소세포암)가 맞는 것 같습니다."

"윤찬이 넌?"

"네, 저도 이기석 교수님과 같은 생각입니다."

"그래그래. 이게 어디 예외가 있겠나. 그나저나 이 정도면 수술도 힘든 거 아냐? 이거 불행하게도 하지만 교수님이랑 윤찬이 시나리오가 맞았어."

고함 과장이 차트를 살펴보며 미간을 좁혔다.

"그렇습니다. 이 정도라면 절제 자체가 불가능한 수준인 것 같아요. 주기적으로 3b기를 넘어선 것 같습니다."

이기석 교수의 의견도 고함 과장과 별반 차이가 없었다.

"그렇다면 결국 세포독성 항암제를 써야 한다는 건가?"

세포독성 항암제란, 암세포뿐만 아니라 주변의 정상 세포까지 파괴하는 독성이 강한 항암 치료제였다.

"물론 표적 항암제와 면역 항암제가 있긴 하지만, 그 약들을 쓰기 위해서는 우선 정밀 검사부터 해야 할 것 같습니다."

"음……. 폐가 이래서 무서운 거야. 이거 썩어 문드러질 때까지 아무런 증세가 없으니 말이야. 어떻게 이렇게 멍청한 장기가 있는지 모르겠어."

탁탁탁, 고함 과장이 짜증이 나는지 주먹으로 책상을 두드렸다.

"그러게 말입니다. 일단 표적 항암제를 쓰려면 조직 검사를 해야 하고, 조직 검사상에 EGFR(상피세포 성장인자 수용체) T790M 변이가 어떻게 되어 있는지 확인해 봐야 할 것 같습니다."

"그러게. 실제로 1세대 2세대 EGFR TKI는 환자들에 대한 내성이 강해서 실질적으로 효용성이 떨어지지. 나도 혈액종양내과 애들하고 같이 써 봤는데, 딱히 효과가 없더라고."

고함 과장이 비관적인 시선으로 이기석 교수를 응시했다.

"그렇습니다. 현재로써는 2세대를 써야 할 것 같습니다. 방사선 치료를 병행해서요."

"그러게, 현재로써는 우리 흉부외과에서 해 줄 수 있는 게 없을 것 같아."

고함 과장이 천천히 고개를 내저었다.

"그렇습니다."

"교수님! 지금 그게 문제가 아닌 것 같습니다."

그 순간, 두 교수의 목소리에 김윤찬의 목소리가 끼어들었다.

"문제가 아니라고? 지금 자체도 심각한데 더 심각한 게 뭐가 있어?"

곧바로 고함 과장이 반응했다.

"강민우 환자의 암은 전이성 비소세포암이라는 게 더 큰 문제죠."

"그거야 당연하지. 신경외과에 트랜스퍼시켜서 검사를 받아 봐야 알겠지만, 아마 뇌 쪽도 정상은 아닐 확률이 높아! 이미 뼈 쪽에도 일부 전이가 된 것 같은데 말이야."

"그렇습니다. 강민우 환자는 이미 전이가 상당 부분 진행된 상황입니다. 뼈 쪽은 어떻게 해결한다고 할지라도, 뇌 전이는 쉽지 않을 거라는 게 제 생각입니다."

"맞아요. 뇌 전이가 상당 부분 진행이 되어 있다면 항암 치료도 무용지물이 되겠죠. 티센테릭(항암제)이나 아바스틴(항암제)은 너무 독성이 커서 오히려 부작용만 심할 뿐입니다. 이레사와 타세바, 지오트립(표적 항암 치료제)도 딱히 좋은 선택은 아닙니다."

"그렇다면 결국 뇌 전이는 거의 기정사실화된 거고, 이게 단발성이나 다발성이냐가 문제인데 말이야."

고함 과장이 고개를 갸웃거렸다.

다발성 뇌 전이와 단발성 뇌 전이는 치료 방법에 있어서 하늘과 땅 차이였다.

"그렇습니다. 다발성이라면 방사선 치료에 의존할 수밖에 없지만, 단발성이라면 수술로 종양을 제거하기만 하면 큰 문제는 없을 겁니다."

"교수님, 죄송하지만 단발성이라도 수술이 가능한지는 여러 가지 제약 조건이 따릅니다. 단발성이라고 해서 무작정 수술을 하기에는 위험 부담이 너무 큽니다."

가만히 듣고 있던 김윤찬이 자신의 의견을 표현했다. 이기석 교수와는 조금 다른 생각이었다.

"그렇지. 윤찬이 말도 일리가 있어. 단발성이라고 해서 무작정 메스를 댈 수는 없는 노릇이야."

"그렇습니다. 아무리 단발성 뇌전이라고 해도 환자 자체에 신경학적인 증세가 없고, 팔다리에 팔시(마비)도 없을뿐더러, 극심한 두통으로 인해 강민우 환자가 고통을 호소하고 있는 상황도 아닙니다."

"음, 계속해 봐."

고함 교수가 턱짓으로 김윤찬을 가리켰다.

"게다가 프라이머리 캔서(원발암, 즉 비소세포암)가 컨트롤이 가능해서 장시간 조절할 수 있다는 전제하에 수술이 가능한데, 이 모든 상황이 강민우 환자와는 맞지 않습니다. 억지로 수술을 할 순 있겠지만 그 이득은 생각해 봐야 할 것 같습니다. 득보단 실이 많을 것 같습니다, 교수님."

"그래! 윤찬이 네가 정확하게 지적했어. 메타스타틱 브레인 캔서(뇌 전이암)의 경우 암 발생 부위와 주변의 경계가 뚜렷해서 깨끗하게 제거할 수 있는 장점이 있어. 하지만 원발암의 컨트롤에 실패할 경우, 매우 예후가 좋지 않을 가능성이 크지."

"네, 그렇습니다. 게다가 만약에 복수의 다발성일 경우는 수술 자체가 불가합니다. 지금 강민우 환자의 경우는 가능하면 뇌는 건드리지 않는 것이 좋다고 생각합니다. 원발암을 먼저 다스리는 것이 우선일 것 같습니다."

"그렇다면 항암뿐이라는 건데⋯⋯."

고함 교수의 표정이 매우 어두웠다.

"그렇습니다. 일단 항암을 시작한 후에 암세포가 줄어들면 외과적 수술을 고려해야 할 것 같습니다."

"음, 그러는 수밖에 없겠어. 이기석 교수! 자네 생각은 어떤가?"

"네, 저도 김윤찬 교수와 같은 생각입니다. 일단 원발암을 치료하면서, 뇌의 경우는 감마 나이프나 사이버 나이프를 사용해 집중 방사선 치료를 하는 것이 최선의 선택인 것 같습니다."

"교수님, 제가 말씀드린 항암 치료는 국내에서 하자는 것이 아닙니다."

이기석 교수의 말이 끝나기 무섭게 김윤찬이 나섰다.

"김윤찬! 국내에서 안 하면? 어디서 해야 한다는 거야?"

"모든 검사가 끝나면 미국으로 가야 할 것 같습니다."

"미국? 거긴 왜? 폐암 분야라면 여기 이기석 교수가 세계적인 석학이야. 게다가 나도 있고. 굳이 언급하고 싶진 않지만, 한상훈이도 폐암 분야에 있어선 선진국 의사들과 비교했을 때 떨어지는 실력이 아니야."

"당연하죠. 우리 교수님들의 실력을 의심해서가 아닙니다."

"병원에서 의사 실력 말고 뭐가 문제라는 거야? 만약에 장비 문제라면 그것도 크게 걱정할 건 없어. 우리 병원 정도의 수준이라면 미국 어느 병원에 내놔도 손색이 없으니까!"

고함 교수가 자존심이 상한 듯, 못마땅한 표정을 지었다.

"제가 말씀드리는 건, 우리 의료진의 실력이나 장비를 말씀드리는 것이 아닙니다."

"그러면?"

"신약이요. 지금 강민우 환자의 경우, 1세대나 2세대 항암제로는 치료가 불가능합니다. 그저, 연명하는 수준밖에는 되지 않을 겁니다."

"음, 그건 미국도 마찬가지 아냐?"

아뇨!

의학, 장비 분야는 어떻게 우리가 비벼 볼 만하지만, 대한민국이 절대 넘볼 수 없는 분야가 바로 신약입니다.

이 부분만큼은 어쩔 수 없습니다. 신약이라는 것이 자금과의 싸움이니까요.

엄청난 예산을 퍼붓는 미국을 앞지를 수는 없습니다.

가브렉터.

현시점에서 1년 후에 출시될 신약.

강민우 환자와 같이 EGFR 변이의 경우, 암세포의 중추신경계 전이가 빠른 편이다. 기존에 1세대, 2세대 항암제로는 이를 제어할 수 없을뿐더러, 설사 그렇다 하더라도 환자의 컨디션 및 중증도에 따라 효과가 180도 다르게 발생해 큰 문제가 있었다.

그런데, 이 모든 단점을 획기적으로 개선한 항암 치료제가 미국의 존스홉킨스 폐 질환 연구소에서 개발될 것이다. 지금쯤이면 3상을 마쳤을 것이고 실용화 단계에 접어들었을 시점이었다.

김윤찬은 바로 이 항암제를 강민우에게 적용시킬 복안을 가지고 있었다.

"교수님, 그렇지 않습니다. 지금 3.5세대 신약이 개발 중이니까요."

"뭐야? 3세대 신약이라고? 어디서 귀신 씻나락 까먹는……."

"과장님! 김윤찬 교수의 말이 전혀 헛된 건 아닙니다. 존스홉킨스에서 지금 3세대 신약을 개발하고 있고, 김 교수의 말대로 임상이 거의 끝난 상태로 알고 있습니다."

이기석 교수가 고함 과장의 말이 끝나기도 전에 치고 들어왔다.

"그래? 그런 약이 있다고? 좀 더 자세히 설명해 줄 수 있나? 임상 시험 결괏값 같은?"

"아뇨, 제가 아는 건 이 정도입니다. 저도 자세한 건 알지 못합니다, 과장님."

"아니, 그렇다면 불확실한 거잖아? 괜히 강민우를 미국에 보냈다가 잘못되기라도 하면 어쩌냔 말이야?"

흉부외과 전체를 총괄하는 고함 과장의 입장에선 선뜻 결론을 내기엔 리스크가 너무 컸다.

"가브렉터를 복용한 65명의 환자 중, 두개 내 반응률(암이 줄어든 정도를 나타내는 수치)은 48.7%, 두개 내 질병 조절률(암의 크기가 유지된 정도를 나타낸 수치)은 98.6%가 나온 것으로 알고 있습니다."

"질, 질병 조절률이 98.6%라고?"

깜짝 놀란 고함 과장이 말을 더듬거렸고.

"김윤찬 교수?"

역시나 깜짝 놀란 표정의 이기석 교수.

하지만 이유는 고함 교수와는 달랐다.

놀라운 임상 수치보다는 그 결과를 김윤찬이 알고 있다는 것이 그의 입장에선 더 놀랄 일이었다.

"두개 내 반응률 그 수치가 사실이야? 질병 조절률도 맞고?"

여전히 의심의 눈초리를 거둘 수 없는 고함 과장이었다.

그도 그럴 것이 최근에 나온 신약의 경우 두개 내 반응률은 30% 후반대, 질병 조절률은 90% 초반대가 전부였으니까 말이다.

"네, 그렇습니다. 제가 알고 있는 선에선."

"음…… 정말 놀라운 일이네요."

이기석 교수가 고개를 갸웃거렸다.

"맞아, 맞아. 이 교수가 보더라도 이 수치가 말이 안 되는 거지? 어떻게 이런 수치가 나올 수가 있지? 이게 맞다면 폐암 치료에 한 획을 긋는 현대 의학사 100년 내 특종 사건이야!"

"김윤찬 교수, 근데 이 임상 결과를 어떻게 알아낸 거죠? 내가 아는 한, 극비 사항인 걸로 아는데?"

"아! 맞다. 그러고 보니 그러네? 윤찬이 네가 그걸 어떻게 안 거야?"

고함 과장과 이기석 교수의 시선이 김윤찬의 입 쪽으로 쏠렸다.

"음, 뭐라고 말씀을 드려야 하나……."

"무슨 소리야? 빨리 말해 봐. 어떻게 네가 임상 결과를 알고 있는 거냐고?"

"네, 말씀드릴게요. 어차피 임상도 끝나고 이제 상용화만 남았으니까요. 실은……."

김윤찬은 두 명의 교수에게 자신이 임상 결과를 알고 있을 수밖에 없었던 이유를 설명했다.

"그, 그러니까 네가 가브렉턴가 나브렉턴가 하는 신약 개발에 참여를 했다는 거야?"

"아뇨, 아뇨. 실질적으로 참여한 건 아니고, 우리나라 환자들의 케이스를 제공했다는 거죠. EGFR 변이를 중심으로요."

"잠깐! 그러니까 작년에 논문 준비한다고 케이스 스터디한 이유가 그거 때문이었어?"

고함 과장이 잠시 뭔가 골몰히 생각하더니 목소리 톤을 높였다.

"네, 맞습니다."

"좋아! 그건 그렇다 치더라도 존스홉킨스 연구팀이 왜 하필 너 같은 하꼬한테 그런 자료를 요청하냐고?"

고함 과장이 어이없다는 듯이 눈썹을 치켜떴다.

"과장님, 김윤찬 교수 그렇게 매도하실 일은 아닙니다. 이미 NEJM(New England Journal of Medicine)에 발표한 논문도 다수고 미국 흉부외과 학회에서도 주목받는 써전으로 알려져 있어요. 존스홉킨스에서 충분히 접촉할 만은 합니다."

그러자 이기석 교수가 김윤찬의 실드를 쳐 주기 시작했다.

"그건 나도 알아! 아는데, 왜 하필 당신 놔두고 김윤찬이

한테 접촉했냐는 말이지. 솔직히 김윤찬이가 당신보다 낫다고는 할 수 없잖아?"

"후후후, 뭐. 존스홉킨스에서 김윤찬 교수한테 특별히 관심이 있나 보죠."

"내 말이! 이 새끼들! 지금 윤찬이한테 수작 부리는 거 아냐? 키워 놨더니 날름 집어 가려고?"

"네, 제 생각에도 전혀 가능성이 없다고는 말 못 하겠네요. 존스홉킨스 마틴 스콜스 교수가 저한테도 한 번 연락한 적이 있습니다."

"뭐? 그 뭐냐, 옛날에 우리나라에 왔던 그 스콜스? 당신이랑 친했던?"

"네, 그렇습니다. 스콜스 교수가 유독 김윤찬 교수한테 관심을 보였으니까요."

이기석 교수가 김윤찬을 보며 고개를 끄덕였다.

"뭐라고?? 그게 무슨 개떡 같은 소리야? 근데 왜 나한테는 말 안 했어?"

깜짝 놀란 고함 과장이 자리에서 벌떡 일어났다.

"비공식적인 제안이라 제가 적당한 선에서 마무리 지었기에 특별히 과장님께 보고할 필요는 없다고 생각했습니다. 그리고 만약에 정식적으로 제안이 들어온다면 김윤찬 교수의 미래를 위해서라도 보내 주시는 것이 맞지 않습니까?"

"음……. 그거야 뭐, 저 새끼 맘먹기 달렸지. 내가 무슨 힘이 있어? 간다는 걸 어떻게 막아?"

고함 과장이 턱짓으로 김윤찬을 가리켰다.

"과장님, 저 안 가요. 그러니까 걱정 마세요."

고함 과장의 표정을 읽은 김윤찬이 손을 내저었다.

"그렇지? 안 갈 거지?"

금세 표정을 바꾼 고함 과장이었다.

"네, 안 가요. 과장님 의술 전부 뺏어 먹기 전까지는 절대
안 갑니다."

"오냐오냐, 그래야 내 새끼지! 이 교수! 거봐, 안 간다잖
아."

고함 과장이 어린애처럼 즐거워했다.

"네, 과장님 실력이시면 마틴 스콜스 못지않으시니까요.
굳이 김윤찬 교수가 존스홉킨스로 갈 이유는 없겠죠."

"그렇지! 내가 마틴이랑 맞다이로 붙어도 밀리는 실력은
아니긴 하지. 흠흠, 그건 그렇고 이렇게 되면 강민우 환자,
미국으로 보내야 하는 건가? 절차가 복잡할 텐데?"

"일단 제가 존스홉킨스 쪽에 연락을 취해 보겠습니다. 쉽
지는 않겠지만 전혀 불가능한 것도 아니니까요."

"그래요. 이기석 교수가 잘 좀 알아봐 줘요. 강민우 환자
가 미국에 가는 건, 혼자만의 결정으로 될 수 있는 건 아니
야. 소속사와도 연결되어 있는 문제고, 우리 병원하고 무관
하지 않으니 신중해야 할 거야."

"네, 물론입니다."

"그래. 다들 바쁠 텐데 그만 나가 봐. 오늘 하루도 활기차게 보내자고!"

짝짝짝, 고함 과장이 손바닥을 마주치며 독려했다.

"네."

"김윤찬 교수, 내가 뭐 좀 하나만 물어봐도 될까?"

그렇게 회의를 마치고 밖으로 나오자마자 이기석 교수가 김윤찬에게 물었다.

"네, 말씀하십시오."

"혹시 김 교수가 닥터 케이야?"

"네? 닥터 케이가 누굽니까?"

맞다, 닥터 케이는 김윤찬이.

하지만 굳이 자신의 정체를 드러낼 필요가 없는 김윤찬이었다.

"아니, 아니. 아니면 됐어요. 내가 어디서 주워들은 얘기가 있어서 말이에요."

"어떤?"

김윤찬이 모르는 척 물었다.

"음, 이번 신약 개발 모델에 닥터 케이라고, 우리나라 의사 한 명이 결정적인 역할을 했다는 소리를 들었거든요. 그래서 여쭤본 겁니다."

"아, 아니에요! 저 같은 사람이 그런 일을 어떻게 합니까? 그냥 전, 스콜스 교수님이 우리나라 환자 사례를 좀 확보하고 싶다고 해서 정리해 보내 드린 것뿐입니다."

"음, 그래요. 알았어요. 아무래도 거기까지 무리겠죠."

이기석 교수가 고개를 끄덕였다.

아뇨! 이미 전 그 신약의 모든 프로세스를 전부 꿰고 있었는걸요? 수없이 많은 논문이 나왔는데 그걸 모를 리가 있겠습니까?

"그럼요, 제가 그런 깜냥이 될 수가 없죠."

"네. 일단 그건 그렇고, 존스홉킨스에 가고 싶은 마음이 정말 없나요? 스콜스 교수님이 김 교수에게 무척이나 관심이 많은데 말이죠."

"음, 아직은 때가 아니라고 생각합니다. 아까 말씀드렸듯이 과장님한테 배울 것도 아직 많고요."

"그래요. 일단 그렇게 알고 있을게요. 언제든지 마음이 변하면 말씀하세요. 저 들어갈 때 같이 들어갑시다."

"네, 교수님! 말씀만이라도 감사합니다."

김윤찬이 허리를 굽혀 정중히 인사했다.

"음, 그리고 강민우 환자는 좀 더 상황을 지켜봅시다. 절차적인 문제는 내가 존스홉킨스 쪽과 상의를 해 볼 테니."

"네, 그렇게 하겠습니다."

그러나 강민우 환자의 병세는 예상보다 훨씬 더 심각했다.

현재 상태를 고려했을 때, 존스홉킨스로 데려가 치료를 받게 하는 것이 최선의 선택이었다.

강민우 VIP 병실.

"어서 와! 윤찬아!"

어라?

강민우 병실에 들어가니 정직한 계장이 와 있었다.

"어? 계장님! 어떻게 여기까지?"

"야! 우리 강 로커님이 입원을 하셨다는데, 당연히 냉큼 와야지. 너도 볼 겸."

정직한 계장이 환한 얼굴로 나를 맞아 주었다.

"와! 역시 우리 계장님은 의리의 사나이시네요."

"선생님! 의리는 무슨요? 이거 보시고 나서 말씀하세요."

강민우가 오른손을 털어 내며 스케치북 한 권을 내밀었다. 강민우 사인이 가득한 스케치북이었다.

"뭐예요? 이거?"

"아, 그게 뭐랄까? 말하자면 우리 딸이 강 로커 광팬이라서 그게……. 어쩔 수 없었어. 뭐, 그냥 누이 좋고 매부 좋고, 도랑 치고 가재 잡는다……. 뭐, 그런 말 있잖아?"

정직한 계장이 머쓱한지 말을 빙빙 돌렸다.

"하아, 내가 이럴 줄 알았지. 그러니까 강 로커님이나 저를 보러 오신 것이 아니잖아요! 아픈 환자한테 이게 뭐예요?"

"아니라니까! 그냥 강 로커랑 너랑 보러 오는 김에 겸사겸사 그런 거지."

"윤찬 선생님! 괜찮아요. 이렇게 저 보러 와 주신 것만 해도 감지덕지죠. 계장님 정말 뵙고 싶었거든요."

나와 정직한 계장의 대화에 강민우의 목소리가 끼어들었다.

"헤헤헤, 네. 저도 농담이에요. 오랜만에 계장님 뵈니까 좋아서요."

"네에, 저도 엄청 반갑네요. 이렇게 좋은 날, 돼지 껍데기 집에서 소주 한잔 마셔야 하는데……."

한층 해쓱해진 얼굴의 강민우가 아쉬워했다.

"에헤이! 무슨 걱정이야? 이제 우리 김윤찬 선생이 맡았으니까 조만간 훌훌 털고 일어날 거야. 태양이 녹슬어? 세월이 좀먹어? 새털처럼 많은 게 날인데 다음에 코가 삐뚤어지게 마시면 되지! 안 그래? 윤찬 선생??"

"아, 네. 당연히 그래야죠."

"어휴, 정 계장님! 자꾸 윤찬 선생님한테 부담 주지 마세요. 제 몸은 제가 압니다. 그렇게 쉬운 병 아니에요."

강민우가 슬쩍 내 눈치를 살폈다.

"그게 무슨 소리야? 윤찬아, 지금 강 로커가 무슨 헛소리를 하는 거야? 아니지?"

정직한 계장이 고개를 돌려 걱정스러운 눈빛으로 나를 쳐다봤다.

"음....... 담당 주치의가 전데요?"

"어? 너? 하하하, 그렇지? 네가 강 로커 고쳐 줄 수 있는 거지?"

내 말에 정직한 계장이 환하게 웃었다.

"당연하죠. 고칠 수 없는 병은 이 세상에 없어요. 고칠 수 없는 의사만 있을 뿐이죠."

"거봐, 거봐. 우리 윤찬 선생이 고쳐 줄 거니까 아무 걱정 말라고, 강 로커! 우리 나중에 콩콩이 삼총사랑 범식 아재랑 다 모여서 진짜 코가 삐뚤어지게 마셔 보자."

정직한 계장이 강민우의 손을 꼭 쥐었다.

참 좋은 사람이었다, 정직한이라는 사람은.

"네, 저도 그럴 수 있으면 정말 좋겠어요."

강민우가 입가에 엷은 미소를 띠었다.

♡

병원 인근 선술집.

업무 후, 강민우 면회를 마친 정직한 계장과 난 병원 인근 돼지 껍데기집으로 갔다.

치지지직.

연탄불에 올려진 돼지 껍데기. 노릇노릇 익은 고기를 안주 삼아 우리는 게 눈 감추듯 소주병을 비워 나갔다.

"윤찬아! 네 연락 받고 진짜 깜짝 놀랐다. 난 강 로커가 너네 병원에 입원한 줄도 몰랐어! 난 무슨 해외 공연 간 줄로만 알았으니까."

후우, 정직한 계장이 천천히 술잔을 비웠다.

"음, 저도 강 로커님이 아프신 줄은 꿈에도 몰랐어요."

"그러게 말이다. 이제야 빛 좀 보나 했더니, 이게 무슨 날벼락이냐? 윤찬아, 강 로커 정말 괜찮은 거지?"

또르르, 정직한 계장이 내 잔에 소주를 따랐다.

"……."

"뭐야? 왜 아무 말이 없어?"

불안한 듯 정직한 계장이 반복해 물었다.

"흐음, 아마도 우리나라에서는 치료가 힘들 것 같아요."

"뭐? 뭐라고? 그, 그게 무슨 소리야? 아까는 괜찮다고 했잖아?"

화들짝 놀란 정직한 계장이 목소리 톤을 높였다.

"그러면 거기서 뭐라고 말해요? 강 로커님 면전에 대고."

"그, 그야 그렇지. 그러면 수술 같은 걸 해야 하냐?"

쭈욱, 정직한 계장이 소주잔을 단숨에 비워 버렸다.

"아뇨. 수술을 할 수 있을 정도면 이런 걱정도 안 하죠."

"그럼 뭔데?"

"수술을 할 단계는 이미 지났고, 미국에 가서 치료를 받아야 할 것 같아요."

"뭐? 미국??"

"네, 그게 강민우 로커님한테는 가장 좋은 방법일 것 같아요."

"미국에 가면 살 수는 있는 거지? 그렇지?"

"네, 100% 장담할 순 없지만, 지금으로서는 그게 가장 최선일 것 같아요."

"다행이다. 그나마 천만다행이야. 살길이 있다니 말이야!"

정직한 계장이 놀란 가슴을 쓸어내렸다.

"그런데 문제가 좀 있어요, 계장님."

"문제? 무, 무슨 문제?"

정직한 계장이 불안한 눈빛으로 나를 쳐다봤다.

"제가 언뜻 운을 떼 봤는데, 강 로커님이 미국에 갈 마음이 없는 것 같아요. 죽어도 우리 병원에서 치료받으신다고 하세요, 저한테."

"그래? 하지만 네가 치료를 할 수 있는 상황은 아니라면서?"

또르르르, 정직한 계장이 내 잔에 술을 따라 주며 물었다.

"네, 제가 치료할 상황도 아니죠."

"그러면 네가 강 로커랑 같이 가면 되지 않을까??"

"흐음, 그게 제 맘대로 결정할 수 있는 일이 아니거든요."

"그러면 어떻게 해? 이러다 강 로커 잘못되면 어떡하냐고?"

"그래서 제가 계장님을 따로 뵙자고 한 거예요. 계장님이 해 주셔야 할 일이 있어요."

"내가? 뭘?"

정직한 계장이 손가락으로 자신을 가리키며 의아해했다.

며칠 후, 강민우 병실.

몇 가지 추가 검사차 김윤찬이 강민우 병실을 찾았다.

"강 로커님, 이제 옷소매 내리셔도 돼요."

"윤찬 선생님, 저 진짜 미국으로 가야 하는 겁니까?"

혈액검사를 마친 강민우가 옷소매를 내리며 물었다. 그의 두 눈엔 불안감이 가득해 보였다.

"현재로써 그게 가장 이상적인 방법입니다. 솔직하게 말씀드려서 국내에선 치료가 쉽지 않습니다."

김윤찬의 입장에선 강민우의 몸 상태를 객관적이고 정확하게 말해 줄 필요가 있었다.

"선생님이 저 수술해 주시면 안 됩니까? 선생님이 수술만 해 주신다고 하면 저 안심할 수 있어요."

강민우가 간절한 눈빛으로 김윤찬에게 호소했다.

"음, 저도 그러고 싶지만 확률이 그리 높지 않아요."

"단 1%의 확률일지라도 전 선생님한테 수술을 받고 싶어요. 설사 잘못된다고 해도 절대로 선생님을 원망하지 않겠습니다."

"아뇨, 의사로서 그런 무모한 결정은 할 수 없습니다. 수술을 해서 좋은 결과가 나온다면 그렇게 하겠으나 지금은 수술이 최선의 선택이 될 수 없어요."

"서, 선생님, 제발!"

강민우가 안타까운 듯 아랫입술을 깨물었다.

"아뇨. 제가 충분히 고민해 봤지만, 역시 결론은 같습니다. 미국에 가서서 치료를 받으시는 게 좋을 것 같습니다."

지금은 감정에 휩싸일 때가 결코 아닌 걸 잘 알고 있는 김윤찬이었다.

"그, 그러면 선생님이 같이 가 주실 순 없나요? 선생님만 옆에 계셔 준다면 마음이 놓일 것 같아요."

"음, 저도 그러고는 싶지만 그게 생각하는 것처럼 쉬운 게 아닙니다."

"돈 문제라면 제가 마련할게요. 사고무친인 제가 낯선 나라에 가서 어떻게 버팁니까? 제발, 선생님이 같이 가 주십시오."

"……죄송합니다, 그건 어려울 것 같아요."

"그러면 저도 미국 못 갑니다! 아니 안 갑니다. 그냥 마지막 순간까지 무대 위에서 죽고 싶습니다!"

"강 로커님, 왜 자꾸 애들처럼 그러십니까? 지금 그런 식으로 어리광을 피우실 때가 아니에요. 하루라도 빨리 치료를 시작하셔야 합니다."

"네, 저 어리광 피우는 거 맞습니다. 한때, 노래 좀 부른다고 기고만장해서 주먹이나 휘두르고 다니던 놈이었어요. 아무짝에도 쓸모없는 쓰레기 같은 삶이었습니다."

"……."

"그러던 중에 선생님을 비롯해 너무 소중한 친구들을 만났어요. 저 같은 쓰레기를 사람으로 만들어 준 그런 사람들! 그 사람들이 살고 있는 이곳에서 마지막을 함께하고 싶습니다. 더 이상, 내가 사랑하는 사람들과 헤어지고 싶지 않아요!!"

미세하게 떨리는 그의 목소리에서.

슬퍼 보이는 그의 눈빛에서.

강민우의 진정성을 느낄 수 있었다.

"그들과 헤어지지 않으면 되지 않습니까?"

"네? 그게 무슨 말씀이세요?"

"그들과 평생 같이 있으면 되잖아요. 강 로커님이 미국에 간다고 해서 그들과 멀어지는 게 아닙니다. 그들은 언제나 곁에서 강 로커님을 응원할 겁니다."

"그, 그게 무슨 소리예요? 콩콩이 삼총사, 범식 아재, 정직한 계장님, 그리고 미연 선생님이 저와 함께 미국으로 가기라도 한다는 겁니까?"

"네, 비록 몸은 못 가지만 그들의 마음은 언제나 강 로커 님과 함께 있을 거예요. 이걸 보시죠."

탁, 김윤찬이 노트북을 열고 동영상 하나를 재생했다.

그리고 잠시 후, 강민우가 그토록 그리워하던 사람들의 모습이 하나씩 보이기 시작했다.

[민우 씨! 저 먹깨비 김형돈이에요! 오늘도 민우 씨 노래 들으면서 하루하루 즐겁게 보내고 있답니다. 미국에 가셔서 치료를 받아야 한다는 소리 들었어요! 당연히 가셔야죠. 저도 내년이면 만기 출소 합니다! 출소하면 그동안 모아 둔 돈으로 민우 씨 만나러 갈 겁니다. 저 소원이 하나 있는데, 미국 햄버거 배 터지게 먹어 보는 거거든요. 민우 씨는 돈 많은 사람이니까, 미국 가면 다 사 주셔야 해요!]

"혀, 형돈 씨!"

뜻밖의 사람들의 모습에 강민우가 깜짝 놀란 표정을 지었다.

[아씨! 형돈 형 비켜요! 민우 형! 나 박금동! 나도! 나도요! 미국 가서 피자 먹어 보고 싶어요. 그리고 디즈니랜드? 거기도 가고 싶고요. 형 덕분에 미국 가면 얼마나 좋을까요?]

"금동아! 피자야 당연히 사 주지."
다음 차례는 범식 아재였다.

[이보쇼. 강민우 로커! 나요. 뭐, 민우 씨한테 좋은 소식인지는 모르겠지만, 나 재심 통과돼서 곧 출소하오.]

"정말요? 진짜 잘됐어요. 범식 아재!"
범식 아재의 말에 자기 일처럼 좋아하는 강민우였다.

[애들처럼 미국에 안 간다고 떼를 쓴다는 소리 들었소. 자꾸 그러면 나한테 혼나! 이 대한민국 바닥에서 내 경쟁자는 민우 씨뿐이잖소. 여여 미국 가서 깨끗이 나아서 오쇼. 그래야 내가 노래 부를 맛이 나지 않겠소.]

"버, 범식 아재."
어느새 눈물까지 글썽거리는 강민우였다.

[강 로커님! 저, 미연이에요.]

마지막으로 등장한 사람은 이미연이었다.
"어? 선생님? 미연 선생님도 나오네요?"
나와 미연의 관계를 대충 눈치채고 있던 강민우였다.
"아, 네. 정직한 계장님이 연락을 했나 봐요."

[강 로커님! 그만 고집 피우시고 미국에 가셔서 치료받으세요. 전, 지금도 강 로커님을 처음 만났던 때를 잊을 수가 없어요. 그 아름다웠던 천상의 목소리! 꼭 다시 들어 보고 싶어요. 아! 그리고 저도 조만간 미국으로 유학을 갈 예정이에요. 강 로커님한테 자주 들를게요! 그러니까 꼭! 가셔서 치료받으세요. 네?]

"……네, 미연 선생님!"

그리고 잠시 후, 들려오는 노래.

♬♪♩.

강민우가 작곡한 교도소 합창 대회 1위곡 '이별 뒤 저 너머'가 흘러나오자 더 이상 눈물을 참을 수 없는 강민우였다.

흑흑흑흑.

어깨를 들썩이며 흐느끼는 강민우. 뜨거운 눈물이 그의 광대를 따라 흘러내렸다.

"이래도 강 로커님이 혼자세요?"

토닥토닥, 그의 어깨를 두드려 주는 김윤찬.

"서, 선생님! 저 정말 고칠 수 있는 겁니까? 다시 노래 부를 수 있는 거예요?"

강민우가 김윤찬의 두 손을 붙잡고 울먹였다.

"그럼요! 저렇게 강 로커님을 응원해 주는 사람들이 많잖아요."

"네, 알아요. 저 사람들이 없었으면 지금의 저도 없었을 테니까요. 그래서 묻는 거예요. 저 정말 살 수 있나요? 의사 김윤찬으로서 말씀해 주세요."

이제 어느 정도 마음을 굳힌 것 같은 강민우였다.

"네, 제가 비록 같이 가 드리지는 못하지만, 한국에서도 강 로커님의 치료에 참여할 겁니다. 의사로서 말씀드릴게요. 제 말대로 치료받으시면 강 로커님! 반드시 다시 무대 위에 오르실 수 있을 겁니다. 제가 꼭! 그렇게 만들 거예요."

"저, 정말입니까?"

"강 로커님! 저 김윤찬입니다. 제가 언제 흰소리하는 거 봤어요?"

"네! 알겠습니다. 좋아요! 한번 해 볼게요."

강민우 로커가 옷소매로 눈물을 훔쳐 냈다.

"네네! 잘 생각하셨어요. 정말!"

"그 전에 부탁이 하나 더 있어요."

"뭔데요? 말씀해 보세요."

"저, 미국에 가서 열심히 치료받을 테니까 저 사람들 전부 퇴소하면 윤찬 선생님이랑 같이 미국에 오세요. 모든 체류 비용은 제가 댈 테니까! 이마저도 허락해 주지 않으면 저 미국 안 갈랍니다."

강민우가 단호한 표정으로 고개를 내저었다.

"하아, 좋습니다! 이참에 저도 미국 구경 한번 하죠, 뭐. 휴가랑 연차 모아서 쓰면 대충 10일 정도 각은 나오겠네요!"

"정말입니까?"

"네, 약속드려요. 저도 미국 한번 가 보고 싶었거든요!"

"약속하셨습니다? 진짜요?"

"네네, 진짜요!"

그렇게 어렵사리 강민우의 미국행이 성사되었다.

고함 과장실.

고함 과장, 이기석 교수 그리고 김윤찬이 강민우 환자의 미국 치료 건에 관해 회의를 시작했다.

"그래, 이기석 교수, 강민우 환자 존스홉킨스 전원 건은 어떻게 됐어?"

"네, 제가 직접 마틴 스콜스 교수와 통화를 했는데, 그쪽에서는 대환영의 뜻을 밝혔습니다."

"그래? 그렇게 흔쾌히 허락을 했다고?"

"그렇습니다. 이미 임상은 3상까지 완벽하게 마친 상태고 미국 FDA 승인만 남은 상황이라더군요. 강민우 환자를 치료하는 데는 아무런 문제가 없을 것 같습니다. 게다가 최종적으로 테스트를 해 볼 수 있는 기회니, 그쪽에선 오히려 반길 일이지요."

"잘됐군. 김윤찬이가 큰일을 한 거야."

"그럼요. 마틴 스콜스 교수의 말을 들어 보니 김윤찬 교수가 알게 모르게 많은 도움을 줬다고 하더라고요. 이 모든 게 김윤찬 교수의 덕입니다."

"후후후, 수고했어. 이 능구렁이야! 어떻게 나까지 그렇게 감쪽같이 속이냐? 내가 알기라도 하면 네 공을 뺏어 가기라도 할 거라 생각했냐? 이 축복받을 새끼야?"

"아, 아닙니다, 그런 거. 그냥 제가 가지고 있는 자료를 중심으로 케이스 분석도 할 겸, 자료 정리 차원에서 참여한 건데, 이렇게 결과가 좋을 줄은 몰랐어요."

"새꺄! 그렇게 겸손 안 떨어도 돼. 내가 알아보니 이번에 존스에서 개발한 신약…… 그 이름이 뭐더라?"

"가브렉터요."

"그래그래, 가브렉터! 이 단어가 왜 이렇게 입에 안 붙지? 아무튼, 그 가브렉터의 잠재 가치가 100억 달러가 넘는다면서??"

"네, 추정 잠재 가치라고 하더군요."

이기석 교수가 고함 과장의 질문에 답했다.

"그래그래. 100억 달러가 넘는 잠재 가치를 가진 신약 개발에 김윤찬이가 한몫한 거 아냐! 그러니까 그쪽에서 뭐 좀 콩고물 떨어지는 게 없냐는 말이지. 김윤찬이! 뭐 없냐?"

"하하하, 그런 거 없어요. 그냥 공부 차원에서 참여했던 겁니다."

"고뤠? 스콜스 이 양반, 은근 짠돌이인데? 어떻게 그렇게 도움을 받아 놓고 입 싹 씻냐? 이건 좀 아니지 않냐?"

"후후후, 왜 없었겠어요. 존스홉킨스 연구소에서 김윤찬 교수한테 백지수표를 내밀었다고 하더라고요."

"뭐라고? 배, 백지수표? 그거 원하는 만큼 동그라미 적어 내면 다 주는 거 아냐?"

"아마도요?"

"그런데 왜 안 받았어? 김윤찬이 너 미친 거 아냐?"

고함 과장이 사방팔방에 침을 튀기며 호들갑을 떨었다.

"음, 이번 강민우 환자 건으로 대신한 것 같아요. 사실 말이 쉽지, 아직 FDA 통과도 되지 않은 약을 쓰는 건 쉽지 않은 일이거든요. 뭐, 어쨌든 존스홉킨스 측에서 모든 리스크는 감수하기로 했으니까 잘된 거죠."

"와! 아무리 그래도 그렇지. 김윤찬이 미쳤네. 백지수표를 마다해? 너 무슨 날개 없는 천사냐?"

"강민우 로커님과 약속했거든요. 반드시 무대 위에 다시 설 수 있도록 돕겠다고요."

"그래그래. 아주 나만 속물이지?"

"그런 게 아니라……."

"됐어, 인마! 잘했어. 네놈 그 마음 씀씀이 하나 보고 널 거둔 거니까. 잘했다. 그거 아무나 하는 거 아니야."

후후후, 고함 과장이 흡족한 미소를 입가에 띠었다.

띠띠띠띠.

그 순간, 울리는 전화벨 소리. 남구로 원장의 전화였다.

'뭐야? 이 인간은?'

툴툴거리며 주머니에서 핸드폰을 꺼내는 고함 과장.

"네, 원장님! 접니다."

-고함 교수! 지금 당장 내 방으로 와요!

앙칼진 남구로 원장의 목소리가 수화기를 뚫고 나오는 것
같았다.

예상치 못한 변수

"뭐야, 이 양반? 무슨 전화를 이렇게 끊어?"

고함 과장이 황당하다는 듯이 핸드폰을 쳐다봤다.

"과장님, 왜 그러십니까?"

이기석 교수가 궁금한 듯 물었다.

"몰라, 나도. 당장 자기 방으로 오라는데? 언제는 나긋나긋했다가 오늘은 또 스티로폼 갈리는 소리를 내네? 하여간 이 양반은 변덕이 죽 끓듯 한다니까?"

"원장님이요?"

"어, 또 무슨 심사가 뒤틀렸는지 목소리가 며느리 잡도리하다 만 시어머니 목소리야. 뭐가 또 그렇게 못마땅한지."

쯧쯧쯧, 고함 과장이 고개를 절레절레 흔들었다.

"가 보셔야 하는 거 아닙니까?"

"그래. 대빵이 오라고 하면 가 봐야 하지 않겠어? 일단 강민우 건은 이기석 교수가 알아서 진행하도록 하고, 윤찬이는 강민우 환자 컨디션 체크 잘하도록 해."

"네, 과장님."

"네."

'아이고, 이 변덕스러운 인간이 오늘은 또 무슨 일인고! 이 놈의 과장 자리를 내려놓아야 이런저런 더러운 꼴을 안 보지? 심술쟁이 영감이 오늘은 또 무슨 진상짓을 하려나?'

주섬주섬, 고함 과장이 일어나 옷걸이에 걸려 있던 가운을 챙겨 입었다.

♥

남구로 원장실.

"원장님, 접니다."

"들어와요."

"네."

"거기 앉아요."

남구로 원장이 성의 없이 턱짓으로 소파를 가리켰다.

"네, 그나저나 무슨 일이십니까?"

"내가 좀 심기가 불편해서 말이에요."

천천히 자리에서 일어나 소파 쪽으로 다가오는 남구로 원장.

털썩, 단단하게 매어 있는 넥타이를 풀어 헤치더니 소파에 몸을 내던졌다.

"심기가 불편하시다니, 그게 무슨 말씀이십니까?"

"고 과장, 요즘 병원 내에서 해괴한 소문이 돌고 있다는데, 사실 아니죠? 너무 허무맹랑한 소리라 믿고 싶진 않지만, 확인은 해야 할 것 같아서 고 과장을 불렀소."

똥 씹은 표정의 남구로 원장이 퉁명스럽게 물었다.

"네? 해괴한 소문이라뇨? 저는 아는 것이 없습니다."

"그래요? 그러면 그게 다 헛소문이라는 건가?"

남구로 원장이 몸을 뒤로 젖혔다.

"무슨 소문을 말씀하시는 건지 정확히 말씀을 해 주셔야 가타부타 말씀을 드리지 않겠습니까?"

고함 과장 역시 짜증 섞인 투로 응대했다.

"좋습니다. 아닐 거라고 믿고 말씀드리죠. 강민우 환자를 미국의 존스홉킨스로 전원시킨다는 말도 안 되는 소리가 들리던데……. 아니죠?"

"아……. 그걸 말씀하셨던 겁니까?"

"그렇습니다. 이런 비상식적이고 몰상식한 결정을 설마 우리 고매하신 고함 과장님이 하셨을 리는 없잖습니까? 헛소문이 맞는거죠?"

"헛소문 아닙니다. 강민우 환자의 상태를 고려해 볼 때 그게 가장 현명한 판단이라는 게 우리 교수진의 의견입니다, 원장님!"

"미, 미쳤어요? 지금 무슨 헛소리를 지껄이는 거야?"

쾅, 고함 과장의 말이 끝나기가 무섭게 남구로 원장이 자리에서 벌떡 일어났다.

"아뇨, 지극히 정상이라서 내린 결정입니다. 지금 강민우 환자는 우리가 뭔가 할 수 있는 범위를 벗어나 있습니다!"

"이 사람이 미쳐도 단단히 미쳤구먼. 그걸 지금 말이라고 합니까? 그러면? 우리 병원 체면은 뭐가 된다는 말이오? 기껏 강희병원에서 데리고 와 놓고, 지금 죽 쒀서 개 주겠다는 말이오? 온 나라가 강민우 하나에 미쳐 있는 마당에?"

남구로 원장이 게거품을 물며 노발대발했다.

"원장님! 지금 뭔가 주객이 전도된 것 같지 않습니까? 제가 지금 말씀드리지 않았습니까? 우리 병원에서 강민우 환자에게 해 줄 수 있는 것이……."

"집어치워요! 할 수 있는 게 없어도 있어야지. 명색이 국내 최고의 흉부외과 수장이라는 자가 그게 할 소리예요? 이러라고 병원에서 흉부외과에 전폭적인 투자를 했습니까?"

"허허허, 전폭적인 투자요? 무슨 투자를 하셨단 말입니까? 지나가던 똥개가 웃을 소리군요?"

고함 과장이 어이없다는 듯이 헛웃음을 지었다.

"지나가던 똥개? 지금 원장 앞에서 그게 할 소리오? 온갖 어중이떠중이 다 거둬다 멕인 게 투자가 아니면 뭐란 말이오? 우리 병원이 무슨 자선단체인 줄 알아?"

"어중이떠중이요?"

"그래요. 지잡대 애들 데려다 교육시켜 줘, 월급 줘, 이 정도면 엄청난 투자지 뭐요?"

"그렇군요. 그러면 제가 반대로 묻죠. 그 어중이떠중이들이 우리 흉부외과 전체 매출의 8할을 차지하고 있다는 건 좀 아십니까? 어중이떠중이들 월급 계산서랑 매출 전표랑 전부 까고 한번 대조해 볼까요?"

남구로 원장의 윽박지름에 순순히 넘어갈 고함 과장이 아니었다.

"지, 지금 뭐 하자는 겁니까?"

"못 하시겠죠? 그러니까 괜한 소리 하지 마십시오. 원장님이 말씀하시는 그 어중이떠중이가 누군지는 모르겠지만, 그들 덕분에 우리 흉부외과가 전국 톱이라는 것만 알아주셨으면 합니다. 더 이상 할 말 없으시면 나가 보겠습니다."

"이봐! 고 과장! 가긴 어딜 가? 강민우 환자 건에 대해 가타부타 말을 해야 할 것 아니야?"

"조금 전에도 말씀드린 것 같은데요? 우리 교수진은 강민우 환자를 존스홉킨스에 보내는 것이 최선……."

"아니? 한상훈 교수는 그렇게 말하지 않던데?"

남구로 원장이 콧방귀를 뀌며 말했다.

"네? 그게 무슨 소립니까?"

"좋아, 말해 주지. 한상훈 교수 말로는 수술로 충분히 완치가 가능하다고 했소. 솔직히 폐 분야만큼은 한 교수가 고 과장보다 한 수 위 아냐?"

빈정대는 말투.

남구로 원장이 고함 과장의 자존심을 건들며 도발했다.

"네, 그렇다고 칩시다. 좋아요, 한상훈 교수가 저보다 낫다고 인정합니다. 그래서요? 비소세포암 말기 환자를 살릴 수 있다고요? 한상훈 교수가 신이라도 된답디까?"

"아아! 난 그런 거 모르겠고, 한 교수가 자기한테 환자 맡겨 주면 살려 낼 수 있다고 했으니까 그렇게 알고 강민우 환자 한상훈 교수한테 토스해요."

남구로 원장이 귀찮다는 듯이 손사래를 쳤다.

"원장님, 그건 자살행위입니다. 지금 강민우 환자의 몸에 메스를 대는 순간, 되돌릴 수 없는 사태가 벌어질 겁니다! 환자 죽어요!"

"아무튼 존스홉킨스 전원은 절대 불가입니다. 환자가 죽든 살든 간에, 우리 병원에서 해결을 봐야 해요. 절대로 강민우 환자, 다른 병원으로 못 보냅니다."

"원장님!"

"아아, 됐고! 자신 없으면 고 과장은 빠지면 될 거 아니에요? 모든 서류 정리해서 한상훈 과장한테 인수인계하도록 하세요."

"이, 이건 정말……."

"난 했던 말 또 안 합니다. 지금 원장단 모임이 있어 나가 봐야 하니까, 내 말대로 하시고 이만 나가 보세요."

남구로 원장이 막무가내로 밀어붙였다.

'한상훈 개새끼! 폐암 말기 환자의 몸에 메스를 대겠다고? 그러고도 네가 의사야?'

고함 과장이 늘어뜨린 양 주먹에 힘을 주었다.

♥

한상훈 교수실.

쾅!

"야, 한상훈이!"

거친 발길질로 한상훈 교수방으로 쳐들어간 고함 과장. 얼굴엔 노기가 가득했다.

"네? 과, 과장님, 무슨 일이십니까?"

"너, 미친 거야?"

"아니, 다짜고짜 쳐들어오셔서 그게 무슨 말씀입니까?"

"영문을 몰라? 야, 이 나쁜 인간아. 그걸 몰라서 물어?"

고함 교수가 냅다 달려가 한상훈의 멱살을 움켜쥐었다.

"이, 이게 무슨 짓입니까? 놓으십시오!"

얼떨결에 멱살을 잡힌 한상훈 교수가 볼멘소리를 냈다.

"못 놓겠다면 어쩔래?"

고함 과장이 한상훈의 멱살을 잡고 있는 손에 더욱더 힘을 주었다.

"겨, 경찰에 신고하겠습니다. 커, 커억, 멱살을 잡은 것만으로도 폭력죄는 입증될 수 이, 있다는 걸 모르시진 않겠죠?"

"해, 신고! 해, 새끼야!"

그까짓 한상훈의 협박에 넘어갈 고함 교수가 아니었다.

"이, 일단! 이러지 마시고 왜 그러시는지 이, 이유나 좀 말씀해 주십시오. 도대체 왜 이러시는 겁니까?"

엔간한 협박(?)에는 눈 하나 깜짝이지 않는 고함 과장이라는 것을 알기에, 한상훈 교수가 애원하기 시작했다.

"그래, 좋아! 터진 입이라고 말은 하고 싶은 모양이지? 자, 말해 봐. 왜 그런 말도 안 되는 짓을 한 건지, 남구로 원장한테 무슨 수작을 부린 건지 말이야."

고함 과장은 거칠게 잡고 있던 한상훈의 멱살을 풀었다.

"하아, 죽는 줄 알았네!"

벌겋게 달아오른 자신의 목을 매만지는 한상훈.

"헛소리 그만하고 빨리 말해. 나 너랑 노닥거릴 시간이 없으니까."

"……."

한상훈이 모른 척 고함 교수에게로 향했던 시선을 거뒀다.

"빨리 말해! 네가 강민우 환자 집도한다고 했어?"

"아……. 그거 말씀입니까?"

"아, 그거? 허튼수작 부리지 말고 답해. 맞아?"

"후우, 네. 제가 집도하겠다고 했습니다."

"집도?? 뭘 집도해?"

"강민우 환자요! 제가 수술해서 살리겠다고 했습니다. 환자를 살리는 건, 의사로서 당연한 책임 아닙니까?"

"당연한 책임? 지금 그게 말이야, 막걸리야? 폐암 4기 환자의 몸에 칼을 대겠다는 게 살리겠다는 거야? 죽이려고 작정한 거지!"

"아뇨, 분명 수술에 성공한 케이스가 있습니다. 강민우 환자 역시 조금 상태가 좋진 않지만, 수술을 못 할 이유도……."

"에이, 나쁜 인간아! 넌 의사로서 최소한의 양심도 없는 거냐? 환자를 가지고 도박을 해? 그것도 승패가 뻔히 눈에 보이는 도박을?"

한상훈을 바라보는 고함 과장의 눈에 경멸이 가득했다.

"과장님, 진정하시고 제 말을 좀 들어 보십시오. 의학은 절대적인 학문이 아니지 않습니까? 철저한 현상에 대한 고찰이라고 생각합니다. 불가능할 것으로 보였던 환자가 기적적으로 살아나는 케이스를 전 수도 없이 봤어요. 강민우 환자의 경우도 마찬가지입니다! 살릴 수 있는 거 아닙니까?"

"개소리하고 자빠졌네."

"말이 너무 심하신 거 아닙니까?"

"말이 심해? 기적? 이 세상에 기적이란 건 없어. 네가 말한 기적은 의사로서 환자에게 온 정성을 기울이고, 그를 살리겠다는 강한 의지가 밑바탕이 될 때 일어날 수 있는 일이야. 하지만 넌, 아니잖아?"

"누가 아니라고 말합디까? 저 역시 강민우 환자를 살리고……."

"아나 떡이다! 그래서 하지만 교수를 찾아가 그렇게 협박을 하고, 김윤찬 교수 뒤를 캐고 다녔냐? 동기가 불온한데 어떻게 결과가 정의로울 수 있어?"

"정의는 동기가 아니라 결과가 말해 주는 겁니다. 강민우 환자를 살릴 수 있으면 그게 곧 정의가 되겠죠. 정의는 결과를 만드는 자의 손을 들어 주게 되어 있으니까요."

"터진 입이라고 잘도 씨불이는구나. 됐고! 지금 당장이라도 원장한테 가서 제대로 말씀드려. 수술 못 하겠다고!"

"아뇨, 할 수 있는 수술을 왜 못 한다고 합니까?"

한상훈 교수가 천연덕스럽게 고개를 내저었다.

"너 정말 끝까지 이렇게 실망스럽게 할래? 옛정을 생각해서 눈감아 주려고 했는데, 이건 좀 선을 많이 넘은 것 아냐?"

"선을 넘은 건 과장님이시죠. 느닷없이 찾아와 멱살을 잡으셨으니까요."

고함 과장의 공격에 전혀 밀릴 생각이 없는 한상훈이었다.

"진짜 넌 구제불능이구나? 내가 왜 네 멱살을 잡았는지는 내가 간 후에 벽 보고 반성하다 보면 생각이 날 것이고, 지금은 당장 원장한테 가서 말이나 하라고!"

더 이상 참지 못하겠다는 듯이 고함 과장이 소리를 질렀다.

"제가 분명하게 말씀드린 것 같은데요? 강민우 환자! 제가 수술하겠다고요. 외과 의사로서 합리적인 결정이고 당연한 수순 아닙니까? 이게 흉부외과의 존재 이유이기도 하고요."

"하아, 도대체 무슨 생각으로 이러는지 모르겠구나. 네가 강민우 환자의 몸에 메스를 대게 그냥 놔둘 것 같아?"

"놔두시지 않으면요?"

한상훈 교수가 고함 교수를 날카롭게 응시했다.

"뭐, 뭐라고?"

"제가 놔두지 않으면 어떻게 하시겠냐고 물었습니다."

"이게 지금 미쳤나? 네가 뭔데 나서?"

한상훈의 도발에 고함 과장의 눈썹이 꿈틀거렸다.

"저 역시, 김윤찬 선생을 무척이나 아끼니까 하는 말 아닙니까?"

"김윤찬? 지금 네 입에서 왜 김윤찬이라는 이름 석 자가 나와야 하지? 지금 이 일이 김윤찬하고 무슨 상관이 있어?"

"당연히 상관있죠. 김윤찬 선생이 모셔 온 귀하디귀한 환자 아닙니까? 그러니까 김윤찬 선생이 끝까지 책임을 져야죠?"

한상훈이 김윤찬을 들먹이며 건들거렸다.

"무슨 책임? 김윤찬 선생이 무슨 책임을 져야 한다는 거야?"

"적어도 부교수가 되려면 그 정도 책임은 져야 하지 않겠습니까? 이번에 김윤찬 선생이 부교수 임용에 성공하면 그야말로 연희병원 창립 이래 최대 사건 아닙니까?"

"뭐, 뭐라고?"

"그러니까요. 그 자리가 어디 날로 먹을 수 있는 자리입니까? 과장님도 아시잖아요? 우리 교수회가 얼마나 보수적인지."

"그, 그러니까 지금 강민우 환자와 김윤찬 선생의 부교수 임용을 놓고 딜을 하자는 건가?"

"뭐, 꼭 그렇게 딜이라는 단어를 쓸 것까진 없고, 서로 윈윈하자는 거죠. 강민우 환자 저한테 토스하면 제가 김윤찬 선생 부교수 만들어 드리겠습니다. 저, 그 정도 힘은 있는 사람입니다."

"지금 날 협박하는 건가?"

"어후, 제가 어떻게 과장님을 협박합니까? 그냥 제안을 드리는 겁니다, 제안을!"

한상훈 교수가 양손을 흔들며 질색했다.

"당신은 절대 강민우 환자 못 살려!"

"길고 짧은 건 대 봐야 하는 것 아닙니까? 그건 그렇고 강민우 환자 저한테 안 주시면, 김윤찬 선생! 절대로 부교수 못 답니다. 이거 하나만큼은 제가 장담하죠!"

어찌 됐건 이사장 아들의 생명의 은인.

게다가 연희병원의 적자 출신이자 이래저래 타 과 교수들의 약점 하나 정도는 잡고 있는 그.

그의 말대로 분탕질을 치겠다고 하면 못 칠 것도 없는 것이 한상훈, 그의 위치였다.

"그렇다고 해서 내가 환자를 내줄 것으로 보나?"

"아뇨, 아뇨. 안 내주시겠죠, 당연히! 하지만 고민은 좀 되실 거란 생각은 드네요. 아주 쬐금!"

한상훈 교수가 엄지와 검지를 살짝 붙였다가 떼며 빈정거렸다.

"……."

고함 과장이 잔뜩 굳은 얼굴로 한상훈 교수를 응시했다.

"어휴, 과장님! 부담스럽습니다. 그런 눈빛으로 보지 말아 주십시오. 오금이 저립니다!"

한상훈이 양손으로 자신의 팔뚝을 문질렀다.

"……."

"아무튼 빨리 답변 주시기 바라요. 저 그렇게 느긋한 성격 아닙니다. 게다가 강민우 환자 수술 하려면 최대한 빨리 준

비해야 하니까요."

한상훈 교수가 한쪽 입꼬리를 말아 올리며 비릿한 미소를
입가에 띠었다.

♥

며칠 전, 남구로 원장실.

강민우 전원 작전에 실패한 한상훈 교수.

그가 마지막 승부수를 던지기 위해 마지막 히든카드를 꺼
내 들었다.

"그러니까 지금 고함 과장이 강민우를 존스홉킨스에 보내
려고 한다는 건가?"

"네, 그렇습니다."

"그게 말이 돼? 어렵게 우리 병원으로 데리고 와 놓고, 다
시 미국으로 보낸다고? 세상 사람들이 우리 병원을 뭐로 알
겠어? 어? 연희병원도 별거 없다고 손가락질할 거 아냐?"

남구로 원장의 머릿속에 강민우의 건강은 조금도 들어 있
지 않았다.

"그렇습니다. 강민우를 절대로 존스홉킨스로 보내시면 안
됩니다."

"하지만 환자가 가겠다고 하면 우리가 어떻게 말리나? 그
것도 국내 최고의 대형 기획사를 끼고 있는데?"

"그러니까 김윤찬이를 이용하자는 겁니다."

"김윤찬?? 그 친구를 어떻게 이용하겠다는 건가?"

"제가 알아본 바에 의하면 강민우 환자와 김윤찬이 연이 깊은 것 같더군요. 전에 김윤찬이가 경촌교도소 의무관 시절이었을 때, 연을 맺은 것 같습니다."

"아, 그래? 그러면 잘됐네. 김윤찬이한테 시켜서 국내에 묶어 놓게 하면 될 것 아닌가?"

"아뇨, 그렇게 단순한 상황은 아닙니다. 제일 먼저 김윤찬이 나서서 존스홉킨스행을 추진했으니까요."

"뭐라고?? 이런 건방진 새끼! 하여간 곁가지 출신들은 항상 이게 문제야. 학교에 대한 애교심이 없거든! 어떻게든 강민우를 설득해서 병원에 남아 있게 해야지, 오히려 분탕질을 쳐?"

남구로 원장이 송곳니를 드러내며 분노했다.

"그러니까 김윤찬이를 이용하자는 것 아닙니까?"

"어떻게? 좋은 방법이 있어?"

드르륵, 남구로 원장이 궁금한 듯 의자를 바짝 당겨 앉았다.

"저한테 맡겨 주십시오. 깔끔하게 처리해 놓겠습니다."

"그러니까 어떻게 할 건지 빨리 말해 보라고!"

한상훈 교수가 뜸을 들이자 남구로 원장이 재촉했다.

잠시 후.

한상훈 교수의 설명에 조금씩 표정이 밝아지는 남구로 원장.

"김윤찬이가 그렇게 하겠다고 할까?"

"김윤찬이한테는 선택의 여지가 없습니다. 반드시 미국에 따라간다고 할 겁니다. 그렇게 되면 반드시 연희와 존스홉킨스의 공동 치료 형태로 콘셉트를 잡아야겠지요."

"음, 그거 괜찮은 아이디어야. 그러니까 존스홉킨스와 공동 치료 형태로 체면을 세우고, 김윤찬이는 이번 부교수 심사에서 자연스럽게 임용에서 누락시키겠다는 거 아닌가?"

"예, 그렇습니다. 우리 병원의 전통적인 관례상 논문 발표를 못 하면, 아무리 성적이 좋아도 임용될 수 없는 것 아닙니까?"

"그렇지! 솔직히 나도 고함 과장하고 약속은 했지만, 이거 이거 여간 탐탁지 않았는데, 이런 묘수가 있었구먼. 맞아요, 맞아! 논문 발표 점수가 50점인데, 암! 당연히 탈락이고 말고! 이거 완전 꿩 먹고 알 먹고 아닌가?"

남구로 원장이 입가에 흡족한 미소를 흘렸다.

"그렇습니다."

"가만, 그런데 말이야. 만약에, 만약에 김윤찬이가 미국행을 고사하면 어쩌지?"

"걱정 마십시오. 그럴 경우를 대비해서 제가 생각해 둔 바가 있으니까요. 강민우 환자는 제가 치료하게 될 겁니다."

"좋아! 이번만큼은 확실하겠지?"

"네, 그렇습니다. 마지막으로 원장님과 우리 병원에 충성할 수 있는 기회를 주십시오."

"좋아! 한 번 더 기회를 주지. 차질 없이 해야 할 거야."

"네, 원장님! 최선을 다하겠습니다."

남구로 원장을 바라보는 한상훈 교수의 눈빛에 탐욕이 가득했다.

"알았어. 내가 마지막으로 한 교수를 한번 믿어 보지. 그나저나 말이야. 강민우 환자를 살릴 순 있는 건가?"

남구로 원장이 눈매를 좁히며 물었다.

"강민우 환자는 비소세포암 말기입니다. 이미 치료 시기는 늦었어요."

"그래, 나도 그 정도는 알고 있어. 그렇지만 난 그래도 한 교수가 무슨 복안이 있는 줄 알았지."

"복안 같은 건 없습니다. 어차피 미국에 가서 죽든, 한국에서 죽든 별반 차이는 없을 겁니다. 하지만 어떻게든 우리 병원 수술대 위에는 눕혀야죠. 그게 우리 병원이 할 수 있는 최선입니다. 즉, 강민우에게 가망이 없다는 건 이쪽 의학계에선 이견의 여지가 없으니까요."

"그러니까 자네 말은 어차피 못 살릴 거, 최대한 시간 끌면서 언론 플레이를 하자는 건가?"

"그렇습니다. 흔히 졌잘싸 전략이죠."

"졌잘싸? 그게 뭐야?"

"뭐, '졌지만 잘 싸웠다.'라는 의미입니다."

"음, 나름 나쁘지 않아. 그건 그렇고 자네 말대로라면 미국에 가도 뾰족한 수가 없다는 건데……. 내 말이 맞나?"

"그렇습니다."

"그렇다면 왜, 고함 과장하고 이기석 교수가 그렇게 미국에 못 보내서 난리를 치는 건가?"

"음, 조금이나마 생명을 연장할 방법을 찾을 뿐이겠죠. 존스홉킨스에서 신약을 개발 중이라는 소문은 들었지만, 이걸 상용화하기까진 상당한 시일이 걸릴 겁니다. 게다가 그 효과가 100% 검증된 것도 아니고요. 그 약이 나올 때쯤이면 강민우는 이미 이 세상 사람이 아닐 겁니다."

"좋아, 좋아! 일단 이해는 했으니까 한 교수가 차질 없이 추진해 봐."

남구로 원장이 고개를 끄덕이며 만족스러운 표정을 지었다.

"네, 원장님! 최선을 다해서 결과를 만들어 보겠습니다."

한상훈의 탐욕스러운 눈이 조명을 받아 반짝거렸다.

고함 과장실.

고함 과장의 호출을 받고 찾아온 김윤찬.

고함 과장은 테이블 반대편에 서 있는 김윤찬을 물끄러미 바라볼 뿐, 아무 말도 하지 않고 있었다.

"과장님, 무슨 걱정거리라도 있습니까?"

그렇게 10여 분이 지나자 김윤찬이 먼저 입술을 뗐다.

"음…… 강민우 환자 말이야."

김윤찬의 질문에 힘겹게 입술을 떼는 고함 과장.

"네, 말씀하십시오."

"미국에 안 보내고는 방법이 전혀 없는 걸까?"

"네? 그게 무슨 말씀입니까?"

"음, 우리가 조금 뭔가를 간과하고 있는 건 아닌가 싶어서 말이야. 국내에서 항암 치료를 한 후에, 수술이 가능한 범위 내까지 암 덩어리가 작아지면……."

"과장님! 그게 되지 않는다는 건, 과장님께서 더 잘 아시지 않습니까?"

"그래, 내가 지금 무슨 생각을 하고 있는 건가? 젠장!"

고함 과장이 신경질적으로 뒷머리를 긁적거렸다.

"과장님, 무슨 일이십니까? 오늘 전혀 과장님답지 않은 모습이십니다!"

"후후후, 그런가? 나다운 게 뭔데? 내 새끼 하나 제대로 케어하지 못하는 못난 놈인걸."

고함 과장이 자조 섞인 말투로 푸념했다.

"그게 무슨 말씀이냐고요! 제가 알아듣게 말씀을 해 주셔야 무슨 방법이라도 찾지 않겠습니까?"

김윤찬이 답답한 듯 목소리 톤을 높였다.

"……그래. 어차피 일이 이렇게 된 이상, 내가 너한테 무엇을 더 숨기겠나? 지금 상황이 좋지 않아……."

고뇌에 찬 표정의 고함 과장.

그가 힘겹게 한상훈 교수가 했던 제안을 김윤찬에게 털어놓았다.

"그런 일이 있으셨습니까?"

"그래, 그래서 내가 좀 혼란스럽구나."

"과장님! 전 지금 이 문제를 가지고 과장님이 혼란스러워하신다는 게 더 혼란스럽습니다."

"그게……. 윤찬아! 이번에 부교수 임용이 안 되면!"

"실망입니다, 과장님! 부교수 그따위가 뭐라고 소중한 환자의 생명과 바꾸려 하십니까? 혼란스러운 건, 과장님이 아니라 접니다."

"하아, 미안하구나."

"아뇨, 과장님이 미안하실 일은 아닌 것 같군요. 그렇다고 어려운 일도 아닐 것 같습니다."

"그게 무슨 소리야? 어려운 일이 아니라니?"

"제가 강민우 환자를 데리고 미국으로 들어가겠습니다."

"뭐, 뭐라고??"

"문제 될 것 아무것도 없습니다. 강민우 환자와 제가 들어 가게 되면 원장님 입장에서도 하실 말씀이 없을 겁니다. 존 스홉킨스와 공동 협진의 형태로 들어가면 되니까요. 그러면 되지 않겠습니까?"

"야! 김윤찬! 너 그러면 논문 발표 못 한다는 거 몰라? 그 렇게 되면……."

"저 그깟 부교수 타이틀 달겠다고 이러는 거 아닙니다. 부 교수면 어떻고, 조교수면 어떻습니까? 환자만 볼 수 있으면 됩니다. 저, 그 정도면 충분합니다."

"야, 이놈아! 그러면 지금까지 네놈이 노력한 건 다 뭐가 되는 거냐? 네 인생도 생각해야 할 것 아니야?"

고함 과장이 안타까운 듯 김윤찬을 설득하려 했다.

"과장님은 항상 길이 아니면 가지 말라고 하셨습니다. 의 사의 길이 아닌데, 어떻게 저보고 그 길을 가라고 하십니까? 과장님이라면 절대 그렇게 말씀하시면 안 되……."

쾅!

"시팔! 지금 그게 무슨 개소리야!"

그 순간, 이기석 교수가 거칠게 문을 열고 안으로 들어왔 다.

그의 입에서 나왔을 것이라고는 상상도 할 수 없는 듣도 보도 못한 욕설을 내뱉으면서 말이다.

"이, 이 교수! 왜, 왜 그래?"

뜻밖의 상황에 당황한 고함 교수와 김윤찬이 한 발 뒤로 물러섰다.

그러자 이기석 교수가 가운을 벗더니 넥타이를 풀어 헤치며 그들에게 다가왔다.

"왜, 왜 그래? 무섭게."

고함 교수가 한 발 더 뒤로 물러섰다.

"뭘 꼬나봐, 시벌롬들아!"

뜻밖에 그의 입에서 나온 욕지거리. 고함 교수와 김윤찬은 기분이 나쁘다기보단 어이가 없었다.

"이, 이 교수님! 오늘 왜 그러세요?"

"이, 이 교수! 왜 그래? 오늘 뭐 잘못 먹은 거 아냐?"

전혀 예상치 못한 상황에 두 사람이 어리둥절한 표정을 지었다.

"눈깔을 뽑아 가꼬 눈꾸녕에다가 당나구 똥대가리를 쑤셔 박아 불랑께!"

이기석 교수가 아랑곳하지 않고 마치 랩처럼 욕을 뿜어냈다.

"교수님, 왜, 왜 이러시는 거예요?"

"내가 니들 대갈빡에 깃발을 팍 꽂아 부러 그러면 시뻘건 선지하고 새하얀 골수들이 옴메 좋은 거 함시로 파바박 튀겨 불 것이여, 시벌롬들아!!"

얼굴색 하나 변하지 않은 채, 무지막지한 욕지거리를 계속

하는 이기석 교수.

"하아, 안 되겠다. 윤찬아! 아무래도 이기석 교수가 요즘 무리를 한 것 같아. 응급실로 데려가자."

"아, 네. 그래야 할 것……."

"후우, 이제야 속이 좀 후련하네. 가긴 어딜 가요. 저 정상이에요."

한바탕 욕지거리를 퍼부은 이기석 교수가 옷매무새를 단정히 하며 얼굴색을 바꿨다.

"저, 정말 괜찮은 거야? 이, 이거 몇 개야?"

고함 교수가 이기석 교수의 면전에 대고 손가락을 펼쳐 흔들었다.

"괜찮다고요. 하도 화가 나서 영화 속 대사 좀 따라 해 봤어요. 이제야 속이 좀 후련해지는 것 같네요."

"아! 맞다. 그 '황산벌'인가? 그 영화 말씀하시는 거죠?"

"그래요, 거기서 배웠어요."

"하아, 십년감수했네. 난 또 자네가 디멘치아(치매)라도 걸린 줄 알았잖아. 대체 왜 갑자기 그런 욕을 한 거야?"

"지금 그거보다 더한 욕이라도 퍼붓고 싶은 심정입니다."

"그래그래, 자네도 대충 돌아가고 있는 꼴은 알고 있는 모양이군. 일단 앉아서 얘기함세."

그제야 고함 교수가 이해가 되는지 고개를 끄덕였다.

잠시 후.

"그래서 과장님은 어떻게 하시겠다는 겁니까?"

벌컥벌컥, 이기석 교수가 속이 타는지 단숨에 물잔을 비워 버렸다.

"이번만큼은 쉽게 결정을 못 내리겠어. 환자를 생각하면 당연히 미국으로 보내야 하는 건데, 윤찬이 저놈아를 생각하니까 솔직히 망설여지네."

답답한 속마음을 대변하듯 고함 교수가 입술을 잘근거렸다.

"김윤찬 교수 생각은 어때요?"

이기석 교수가 이번엔 김윤찬에게 물었다.

"전, 과장님과는 생각이 다릅니다. 부교수가 될 기회는 언제든지 다시 오겠지만, 강민우 환자의 목숨은 하나뿐이니까요. 부교수 자리에 대해 일말의 미련도 없습니다."

김윤찬의 생각은 단호했다.

"인마! 그게 네 말처럼 쉽지가 않아! 이번에 기회를 놓치면 그 기회가 다시 안 올 수도 있어."

"상관없습니다. 지금 저한테는 강민우 환자의 생명보다 더 중요한 건 없으니까요."

"그러니까 누가 강민우 환자를 포기하자든? 일단 교수 임용부터 하고 치료해도 늦지 않잖아?"

"아뇨, 그러다가 병원 측에서 교수 임용 시험을 차일피일 미루면요?"

"설마 그렇게까지…….."

"아뇨. 지금의 우리 병원 보드진이면 충분히 그러고도 남을 겁니다. 게다가 현 보드진 중에 한상훈 교수한테 이래저래 신세를 지지 않은 사람이 없으니까요. 남구로 원장은 충분히 그러고도 남을 사람입니다."

이기석 교수가 고함 과장의 말허리를 잘랐다.

"그랬다간 내가 가만히 안 있어! 아주 개진상이 뭔지 보여 줄 거야, 내가!"

"과장님! 개진상은 개진상일 뿐, 해결할 수 있는 건 아무것도 없습니다."

이기석 교수가 단호하게 고함 교수의 말을 막았다.

"그러면 어떻게 하냐고? 지금 방법이 없잖아, 방법이!"

"흐음, 그러니까 과장님 생각은 김윤찬 교수 부교수 임용이 얼마 남지 않았으니까, 어떻게든 임용 때까지 버티다 강민우를 미국에 데려가자는 말씀이잖습니까?"

"그렇지, 그게 내 생각이야."

"그리고 김윤찬 교수는 지금 강민우 환자 상태가 좋지 않으니, 지금 당장 미국에 들어가자는 거고요?"

"네, 그렇습니다. 지금 당장 들어가지 않으면 강민우 환자 생명! 보장하기 어렵습니다."

"좋아! 그러면 됐어요. 답 나왔네요."

"무슨?"

"무슨 좋은 방법이라도 있는 건가?"

급관심을 보이는 두 사람.

김윤찬, 고함 교수 모두 지푸라기라도 잡는 심장이었으리라.

"간단해요. 강민우 환자 데리고 제가 가겠습니다. 그러면 문제 될 것 없잖아요."

"그건 안 돼!!"

이기석 교수의 말이 떨어지기가 무섭게 고함 교수가 제동을 걸었다.

"왜 안 됩니까?"

"쓸데없는 소리 하지 마. 지금 자네 미친 거야? 계약 기간이 남았는데 가긴 어딜 가?"

고함 과장이 단호하게 반대 의사를 표명한 데는 그만한 이유가 있었다.

이기석 교수의 연희병원 계약 기간이자, 재직 기간인 7년. 이 기간이 담고 있는 의미는 컸다.

즉 이기석 교수는 이제 6개월만 무사히 마치고 계약 기간인 7년을 채우면, 한국에서의 모든 임상 경험을 인정받아 존스홉킨스에 돌아가서 정식 교수로 임용될 수 있는 상황이었다.

"가야 할 때가 된 것 같아요."

"미쳤어! 이제 6개월만 채우면 되는데, 그게 무슨 헛소리야? 병원 측에서 무슨 꼬투리를 잡을지 몰라서 그래? 그냥 자네는 빠져! 조용히 있다가 얌전하게 미국으로 돌아가라고!"

고함 과장이 단호한 목소리로 딱 잘라 말했다.

"상관없어요, 그따위 허울 좋은 학위 따위는."

"이 사람아! 왜 그렇게 무모해졌어? 자네 이런 사람 아니었잖나?"

"제가 한국에 와서 배운 게 두 개가 있습니다. 가만히 있으면 가마니로 알더군요. 김윤찬 교수, 이거 우리나라 속담 맞죠?"

"아, 네. 속담은 아닌데, 그런 말이 있긴 합니다."

김윤찬이 고개를 갸우뚱거렸다.

"저, 이제부터는 가만히 있지 않겠습니다."

"어후, 세상 냉철한 저 인간을 누가 이렇게 만들어 놨누? 좋아, 틀린 말은 아니지. 그러면 나머지 하나는 뭐야?"

이기석 교수가 눈을 빛내며 두 주먹을 불끈 쥐며 말했다.

"미친개는 몽둥이가 약이다!"

고함 과장이 놀란 눈을 더욱더 크게 떴다.

"뭐, 뭐라고? 윤찬아! 저 이 교수 눈빛 좀 봐 봐. 살벌하다, 야!"

"그, 그러게요. 이 교수님 저런 모습 처음 봐요."

고함 과장과 김윤찬이 서로를 쳐다보며 어리둥절한 표정을 지었다.

"그, 그래서 어떻게 하려는 건데?"

"두고 보시면 압니다."

이기석 교수가 결의에 찬 모습을 보였다.

남구로 원장실.

비록 서자 출신이지만 대한민국에서 둘째가라면 서러울 의료 재벌의 아들, 이기석.

연희병원 원장이라고 해서 이기석 교수를 함부로 대할 수는 없었다. 그만큼 이기석 교수의 부친의 영향력이 대단했다.

집안이면 집안.

돈이면 돈.

실력이면 실력.

남구로 원장이 연희병원 내에서 가장 껄끄러워하는 사람이 바로 이기석 교수였다.

게다가 이기석 교수는 철저하게 자신과 관련이 없는 일에는 일절 나서지 않는 성정.

즉 지금 이 상황에 그런 이기석 교수가 자신을 찾아왔다는 건, 뭔가 일이 심상치 않게 돌아가고 있다는 뜻이었다.

이를 모를 리 없는 남구로 원장이었기에, 그는 불안해할 수밖에 없었다.

"이 교수, 앉아요."

마치 상전을 대하듯 남구로 원장의 눈빛은 공손했다.

"네, 원장님."

이기석 교수가 무표정한 얼굴로 자리에 앉았다.

"뭐, 좀 마실 거라도 내올까요?"

"아닙니다. 마실 것은 됐고요. 일단 앉으시죠. 제가 드릴 말씀이 있습니다."

"아, 알았네."

이기석 교수가 단호하게 말하자 일어선 듯 만 듯 엉거주춤한 자세를 취하고 있던 남구로 원장이 어정쩡한 자세로 자리에 앉았다.

그리고 두 사람 사이에 흐르는 잠시간의 침묵.

"허허허, 이거 참 어색하구면. 그러고 보니 이제 6개월만 있으면 우리 이기석 교수가 존스홉킨스로 돌아가겠어, 그렇죠?"

남구로 원장이 어색한 침묵을 참지 못하고 먼저 말문을 열었다.

"네, 그렇습니다."

"그래요. 그동안 정말 수고 많았어요! 이기석 교수 덕분에 우리 병원도 많이 발전했습니다."

껄껄껄, 남구로 원장이 이기석 교수의 눈치를 보며 어색하게 웃었다.

"그런 얘기를 하려고 온 게 아닙니다, 원장님."

"흠흠흠, 아! 그렇습니까? 뭐, 생활하는 데 불편한 거라도 있는 건가요? 말씀만 하세요. 제가 조치를 취하도록……."

"강민우 환자! 제가 데리고 미국에 들어가겠습니다."

민망한 듯 남구로 원장이 중언부언하자, 이기석 교수가 냉정하게 말을 잘라 버렸다.

"네? 그, 그게 무슨 말씀입니까? 이기석 교수가 어딜 간다는 거예요?"

남구로 원장이 당황한 듯 허리를 곧추세웠다.

"제가 강민우 환자를 존스홉킨스로 데리고 가서 치료를 하겠다고 했습니다."

"하, 하하, 하하하, 그, 그게 무슨 말씀입니까? 이제 6개월만 있으면 들어가실 텐데 굳이……."

"환자가 6개월을 기다려 주지 못할 것 같으니까요. 강민우 환자는 지금 치료 시기를 늦추면 매우 위험합니다."

"아니, 아니! 지금 이 교수가 뭔가 대단히 큰 오해를 하고 있나 본데, 우리 병원과의 계약 기간이 남아 있다는 것을 모르십니까?"

"네, 잘 알고 있죠. 그러니까 제가 강민우 환자를 데리고 들어가겠다는 것 아닙니까? 강민우 환자의 치료 과정에 제가 직접 참여하겠다는 거죠."

"그, 그게."

남구로 원장이 당황한 듯 얼굴을 붉혔다.

"존스홉킨스와 연희병원의 협진 체계를 구축하면 대외적으로 연희병원이 비난을 받을 이유도 없고, 저 또한 연희병원의 의료인으로서 치료에 참여하게 되니, 계약서상의 그 어떤 조항에도 저촉이 되는 부분이 없지 않습니까? 제가 알기론 장소를 연희병원으로 제한한다는 조항은 없는 거로 아는데요?"

"그, 그렇긴 한데……. 이게 법무팀에서 법리적으로 따져 봐야 할 부분이 있어서 말이죠."

"네, 그러면 그렇게 하십시오. 살펴볼 부분이 있으시면 살펴보시고 내일까지 답변을 주십시오. 큰 문제가 없다면 최대한 빨리 출국하도록 하겠습니다."

"아니, 아니, 잠깐만! 지금 그게 그렇게 감정적으로 결정할 일이 아니잖소?"

남구로 원장이 자리에서 일어나려는 이기석 교수를 향해 손을 흔들었다.

"저는 충분히 말씀드렸습니다! 원장님과는 더 할 얘기가 없습니다. 아! 하나 더 있구나."

"뭐, 뭐를 또 말씀하시는 겁니까? 아이고, 가슴이 철렁합니다, 이 교수!"

남구로 원장이 볼멘소리를 냈다.

"제가 알기론 3주 후에 부교수 임용 심사가 있는 거로 압니다. 맞습니까?"

"그건 왜 이 교수가 신경을 쓰시는 거요?"

"사랑하는 제자 일인데, 스승이 신경을 쓰지 않으면 누가 신경을 씁니까?"

"김윤찬 선생을 염두에 두고 말씀하시는 겁니까?"

"네, 그렇습니다. 다른 건 모르겠고, 고함 과장님과 약속하신 대로만 해 주십시오."

"그, 그건 내가 맘대로 정할 수 있는……."

"그러니까요! 고함 과장님과 약속하신 대로 하시라고 말씀드렸습니다!"

"아니, 원내 법규가 있는 건데, 그게 막무가내로 결정할 일이 아니잖소?"

"긴말하지 않겠습니다. 약속하신 대로만 해 주세요. 제가 세상에서 제일 싫어하는 사람이 우리 아버지라는 사람입니다. 죽기 전까지는 그분을 보지 않으려 했죠."

"이, 이 회장님을 또 왜?"

이기석 교수의 '아버지'라는 말에 남구로 원장의 표정이 잔뜩 굳어졌다.

"그런 제 아버지를 마지막으로 딱 한 번 찾아뵙게 된다면 바로 이 일 때문이겠군요. 현명하신 분이니 제 말이 뭘 뜻하는 건지 잘 아실 겁니다. 부탁인데 제발 제가 우리 아버지라는 사람을 만나는 불상사는 없도록 해 주십시오."

"하아, 진짜! 이거 속이 탑니다그려."

벌컥벌컥, 반찬 집어 먹은 강아지처럼 안절부절못하는 남구로 원장.

콸콸콸콸, 부족했는지 냉장고로 달려가 문을 열더니 냉수를 꺼내 들이켰다.

"제가 드릴 말씀은 여기까지입니다. 전 이만 가 보겠습니다."

"잠깐만! 잠깐만! 지금 이 교수가 너무 흥분해서 이러는 것 같은데, 우리 잠시만 더 얘기를 나누도록 합시다. 대화를 나누다 보면 뭔가 해결책이 나오지 않겠습니까?"

"아뇨, 저 시간 없어요. 지금부터 미친 개새끼 하나 패 죽여야 할 것 같으니까요!"

이기석 교수가 자신의 팔을 붙잡고 매달리는 남구로 원장의 팔을 냉정하게 뿌리쳤다.

김윤찬의 미래

남구로 원장과 담판을 벌인 이기석 교수가 나를 자신의 연구실로 호출했다.

"김윤찬 교수, 앉아요."

"네, 교수님."

입가에 옅은 미소를 짓는 이기석 교수. 나만 보면 나오는 특유의 온화한 미소였다.

"이번 일은 내가 잘 알아서 처리할 테니까, 윤찬 교수는 논문 준비만 착실히 해요. 알았죠?"

친형의 미소만큼 인자한 이기석 교수의 표정이었다.

"후우, 뭐가 어떻게 돌아가는 건지 잘 모르겠네요. 정말 미국으로 들어가실 생각이십니까?"

"그래요. 김윤찬 교수도 이제 충분히 제 몫을 해낼 능력을 갖췄으니 이제 들어가도 안심이에요. 고함 과장님 잘 보필해 드려요. 다른 건 걱정이 없는데, 딱 하나 철부지 고함 과장님이 걱정이랍니다."

"……음, 교수님이시라면 안심은 좀 되지만 그래도 좀 마음에 걸리네요. 이제 몇 개월 남지 않았는데."

"괜찮아요. 연희-존스홉킨스 협진 방식이니 원장도 어쩌진 못할 거예요. 설사 허튼수작을 부린다 해도 크게 상관없어요. 존스홉킨스라는 곳이 교수 타이틀에 연연하는 곳이 아니니까요. 직급보다는 실력을 우선시하는 곳입니다. 실력이 있다면 타이틀이야 당연히 따라오는 훈장 같은 겁니다. 그 훈장, 있으나 없으나 크게 상관없어요."

멋있다!

아무리 다시 봐도 멋있다.

멋이라는 단어가 내키지 않지만, 그 단어 말고는 딱히 떠오르는 단어가 없을 만큼 멋있는 분이다.

전생에서도 멋있긴 했지만, 지금은 경이롭기까지 한 분이다. 나도 이기석처럼 될 수만 있다면!

마치 덕후라도 된 듯, 나는 이기석 교수의 매력에 푹 빠졌다.

"네, 교수님! 강민우 환자도 교수님이 함께 가 주신다면 안심할 겁니다."

"그래요. 김윤찬 교수 대신 제가 최선을 다하겠습니다. 그리고 명심해 둘 것이 하나 있어요."

"네. 말씀하세요, 교수님!"

"연희는 결코 만만한 곳이 아닙니다. 이번에 어찌어찌해서 부교수에 임용이 된다 할지라도, 정교수 자리는 그렇게 녹록지 않아요."

"네에, 명심하겠습니다."

"그러니까 준비하고 있으라는 거예요."

"뭘 말씀입니까?"

"이번에 미국으로 넘어가면 전 다시 한국으로 오지 않을 생각입니다."

"아니, 교수님!"

"내 말 끝까지 들어요!"

이기석 교수가 손을 들어 올렸다.

"네, 죄송합니다."

"연희라는 굳건한 성문을 열 수 있는 방법은 김윤찬 교수가 그보다 높은 곳에 올라서는 겁니다. 내가 가장 높은 곳에 김윤찬 교수를 올려놓을 생각이에요. 그러니까 그렇게 아세요. 적절한 시기에 내가 김 교수를 부를 테니까."

"후우, 제가 감히……."

"쓸데없는 겸손은 미덕이 아닙니다. 지금 김 교수의 실력은 그 누구와 비교해도 손색이 없어요. 단지 입고 있는 옷이 허름할 뿐인걸요. 그 허름한 옷! 제가 멋지고 폼 나게 바꿔줄 생각이에요. 내가 좀 더 일찍 미국행을 선택한 이유 중 하나이고요."

"교, 교수님!"

"아아, 그렇게 감동받은 눈빛 할 거 없습니다. 전 철저하게 김윤찬 교수의 손만 보고 배팅을 하는 거니까."

"네에, 감사합니다. 불러만 주신다면 최선을 다해 보도록 하겠습니다."

맞다!

연희라는 식인 상어를 잡는 방법은 내가 범고래가 되는 것뿐이다.

강한 자를 잡는 건 더 강한 자니까.

이기석 교수의 제안을 뿌리칠 이유는 눈 씻고 찾아봐도 없다.

그래. 간다, 미국으로!

"감사합니다. 교수님의 배팅을 잭 팟으로 만들도록 최선을 다하겠습니다."

"그래요. 이제 대충 일은 마무리된 것 같고……. 이제 미친개 한 마리만 잡으면 될 것 같군요. 그 일까지는 제가 마무리를 지어 놓고 미국으로 건너가겠습니다."

이기석 교수가 말하는 미친개란, 한상훈을 일컫는 것이었으리라.

"혹시 그 마무리를 한다는 것이 한상훈 교수님을 말씀하시는 겁니까?"

"……."

이기석 교수가 고개를 끄덕이며 부정하지 않았다.

"교수님, 외람된 말씀이오나 그 문제라면 제가 해결하면 안 되겠습니까?"

"김 교수가? 뭘 어떻게?"

이기석 교수가 의아한 듯 물었다.

"제가 생각해 둔 바가 있습니다."

"글쎄……. 한상훈 교수, 그렇게 만만한 사람 아닙니다. 지옥에 떨어져도 어떻게든 기어 올라올 인간이고, 초원의 제왕인 사자 뒷다리를 물어뜯을 만큼 강한 턱을 가진 맹수예요. 절대로 만만하게 볼 상대가 아니라고."

우려 섞인 이기석 교수의 목소리였다.

"네, 잘 알고 있습니다. 다만, 하이에나라는 놈은 무리 지어 있을 때 그 능력을 발휘하는 겁니다. 떨어뜨려 놓으면 그저 한 마리 야비한 들짐승에 불과하죠."

"음, 뭔가 생각해 둔 것이 있나 보군요."

"그렇습니다. 어슬렁거리는 하이에나들을 다 떼어 놓으려고요. 이번 건은 제가 알아서 할 테니까 조금만 봐주시죠? 교수님 손에는 메스가 어울리지, 몽둥이는 매치가 잘 안 됩니다."

"흐음, 그래요. 다른 사람이면 몰라도 김 교수 제안이라면 믿고 지켜보는 수밖에요."

이기석 교수가 이해했다는 듯이 고개를 끄덕였다.

"네, 감사합니다. 그러면…… 언제 미국으로 들어가십니까?"

"뭐, 그거야. 준비되는 대로 바로 들어가야 하지 않겠습니까? 이미 존스홉킨스 쪽하고는 협의를 마친 상태니까요."

"네. 알겠습니다, 교수님!"

초원의 또 다른 주인 하이에나!

언제든지 사자의 뒷다리를 물어뜯을 수 있는 그들이다. 하지만 그것도 '그들'일 때 가능하다는 전제가 붙는다.

즉, 떨어뜨려 놓으면 죽는다.

하이에나는 늘 그래 왔으니까.

♥

일주일 후, 결국 이기석 교수의 활약(?)으로 강민우 환자의 미국행은 급물살을 탔고, 존스홉킨스의 전폭적인 지원을 바탕으로 강민우는 이기석 교수와 함께 미국행 비행기에 오를 수 있었다.

"윤찬 선생님!"

김윤찬의 손을 꼬옥 붙잡는 강민우.

"네, 강 로커님! 아무 걱정 마세요. 이기석 교수님이 최선을 다해서 보살펴 드릴 겁니다."

"네! 이렇게까지 신경 써 주시고…… 정말 감사해요. 제가 어떻게 보답을 해야 할지 모르겠어요."

강민우가 감격의 눈물을 흘렸다.

"보답은요, 무슨! 강 로커님이 건강하게 돌아오셔서 무대 위에 서시는 게 절 도와주시는 겁니다!"

"네, 저 치료 잘 받고 올게요. 그때 우리 경촌 식구들 다 같이 만나요!"

"물론이죠! 꼭 그런 날이 올 거예요."

김윤찬이 강민우를 따뜻하게 안아 주었다.

남구로 원장실.

의외의 복병에게 세게 한 대 맞은 남구로 원장.

명색이 원장으로서 평교수에게 말 한마디 못 한 것이 못내 억울했는지, 일주일이 지났음에도 불구하고 얼굴이 붉으락푸르락했다.

그런 남구로 원장이 한상훈을 자신의 연구실로 불러들였다.

이제 마지막 하나 남은, 김윤찬 이슈를 처리하기 위함이었으리라.

"결국, 일이 전부 틀어져 버렸어."

침통한 표정의 남구로 원장.

"원장님, 너무 낙담하지 마십시오. 눈엣가시 같은 이기석 교수를 내보낸 것도 절반의 승리입니다. 가만히 놔뒀으면, 언제 후환을 겪으실지 모르는 인간이거든요."

"시끄러워요! 일개 평교수가 감히 원장한테 무슨 짓을 한 다고 그런 말을 하는 겁니까? 지금 나 협박해요?"

남구로 원장이 불편한 심기를 드러냈다.

"죄송합니다. 다만 이기석이라는 인간, 그렇게 물렁한 인 간이 아니라는 것만 말씀드리려고요. 제가 어려서부터 지켜 봐서 잘 압니다. 그 인간, 뭔가 하나에 꽂히면 물불을 안 가 리는 사람이라······. 항상 경계해야 합니다."

"그래그래, 그런 이유 때문에 내가 허락해 준 것 아니오? 자기 아버지를 만나는 일이 없게 해 달라고 하는데······. 쪽 팔리게 내가 오금이 저려서 말이오."

젠장, 남구로 원장이 미간을 잔뜩 찌푸렸다.

"네네, 정말 잘한 결정이십니다. 이기석 교수 부친의 영향 력은 원장님도 잘 아시지 않습니까? 우리 이사장님도 그분 은 감히 어찌하지 못하는 분이니까요."

"그래요. 솔직히 눈을 희번덕거리면서 덤벼드는데, 그런 모습 처음 봤습니다. 그나저나, 이기석 교수가 자기 일도 아 닌데 저렇게 나서는 것도 처음 보고 말수도 적은 사람이 눈 에 쌍심지를 치켜뜨며 덤비는 것도 처음 봅니다. 김윤찬이가 그렇게 대단해? 이기석을 움직일 정도로?"

허허허, 남구로 원장이 어이없다는 듯이 헛웃음을 지었다.

"네, 대단하기보단 참 신기한 친구죠. 인턴 시절부터 그랬습니다. 그 친구와 대화를 나누다 보면 헷갈릴 때가 많았어요."

"뭔가 그렇게 헷갈린다는 거야?"

"그저 풋내기에 불과한데, 왠지 꺼려지는 그런 느낌이요. 다른 애들하고는 확실히 결이 달랐어요. 유치원생인데, 어리지 않은 뭐 그런 느낌이요. 뭐라고 할까? 그냥 몸이 작은 어른? 하여튼 그랬습니다. 저도 솔직히 처음엔 내 사람으로 만들려고 부단히 노력했을 만큼, 실력 하나만큼은 타의 추종을 불허합니다."

"이 세상이 실력 가지고만 살 수 있던가? 솔직히 요즘 난다 긴다 하는 가수들보다 미사리나 서울 근교에서 기타 치며 노래하는 사람들이 실력은 훨씬 나아. 그들이 실력이 없어서 거기서 그러고 있을까?"

"……"

"아니야. 쓸데없는 아집과 아둔함 때문이지. 실력을 감추는 것도 실력이야. 그래야 그 실력이 제대로 발휘될 날이 오거든. 누가 흉금을 털어놓으라는 개소리를 한 건가? 당연히 가슴속에 칼을 숨기고 입술에 꿀을 발라야지. 그 실력

제대로 발휘하려면 말이야. 결국 비즈니스를 해야 해, 비즈니스를!"

"네. 명언이십니다, 원장님!"

"그래서 난 김윤찬이란 인간이 싫은 거야. 이 인간은 볼 때마다 준 거 하나 없이 싫어! 언제 봐도 곁가지 냄새가 난다, 이 말이야."

"동감입니다. 원장님!"

"그것도 진하게! 이런 놈은 가만 놔두면 뒤끝이 안 좋아. 하루라도 빨리 화근을 제거해 주는 게 좋은데 말이야."

남구로 원장이 오만상을 찌푸리며 천천히 고개를 내저었다.

"네, 그렇습니다. 김윤찬을 보면 저 역시 기분이 나쁩니다. 뭔가 어린놈 앞에서 벌거벗고 있는 느낌이랄까요? 아무튼 그렇습니다."

"맞아, 맞아! 바로 그거야. 나 역시 불편해. 아주 불편해! 이 인간 교수 만들어 주기 싫은데 말이야……."

톡톡톡, 남구로 원장이 한 손으로는 턱을 괸 채, 손톱으로 테이블을 건드렸다.

"어차피 심사는 교수임용위원회 위원들이 하는 것 아닙니까? 그들이 안 된다고 하면, 안 되는 겁니다."

"누가 모르나? 하지만 내가 건드릴 수 없는 부분이 딱 거기야. 교수임용위원회 위원들만큼은 내가 어쩔 도리가 없다고! 괜히 건드렸다가는 구설수에 오르내릴 우려가 커. 민감한 사안 아닌가?"

"네, 그렇습니다."

"뭐, 거기다 출신 학교 가산점 제도를 일시적으로 유예하기로 했으니, 이제 김윤찬이가 부교수 다는 건 확실한 거 아냐? 실적 면으로 따지자면 김윤찬이가 타의 추종을 불허하잖아?"

"걱정 마십시오, 원장님! 김윤찬이 교수 회의에 참석하는 일은 절대로 없을 겁니다."

"또 허풍 떠는 거 아냐? 지금까지 한 교수가 말한 대로 된 게 뭐가 있어?"

그러자 남구로 원장이 미덥잖은 시선을 보냈다.

"원장님! 제가 하지만 교수를 건드리지 않았으면, 강민우는 우리 병원으로 오지 못했을 겁니다. 그리고 김윤찬과 고함을 건드리지 않았으면, 눈엣가시 같은 이기석 교수를 6개월 동안 곁에 두고 계셨어야겠죠. 6개월이라면 무슨 일이 일어날지 모를 시간입니다."

"한 교수! 지금 나 협박하는 건가?"

'당연히 협박하는 거지. 내가 너 따위 쓰레기 같은 인간을 위해서 개가 되어 줄 거라 생각하나? 넌 그저 지나가는 길에 널브러진 똥일 뿐이야. 지나가기 위해서 치워야 하는!'

"아닙니다! 그게 무슨 말도 안 되는 말씀입니까? 이 모든 건, 원장님을 향한 제 충정에서 비롯된 겁니다."

"흐음, 가슴속에 칼을 숨긴 것까지는 모르겠지만, 입술에 꿀을 발라 놓은 건 확실하군. 그래, 그럼 김윤찬이를 어떻게 하겠다는 거야?"

남구로 원장이 눈매를 좁히며 날카로운 시선으로 한상훈 교수를 응시했다.

♥

　시내 모 유흥음식점.

　비뇨기과 김성기, 신경외과 장신경, 정형외과 장철근, 그리고 마지막으로 교수임용 심사위원회 부위원장 소화기내과 위장수까지.

　연희병원 교수임용 심사위원회 일곱 명의 위원 중, 네 명이 자리에 모였다.

　공통점이라면 이 네 사람 모두 한상훈 교수와 직간접적으로 인연(?)이 있다는 점이었다.

　웅성웅성.

　허구한 날 모였던 멤버.

　하지만 분위기가 평소와는 180도 달랐다.

　술판이 벌어지고 난장을 피울 시간이 지났음에도 불구하고 그 누구 하나 술잔을 입에 대는 사람들이 없었다. 술과 향

응이라면 사족을 못 쓰는 인간들이 오늘따라 서로의 눈치만 살피며 조용했다.

"아이고, 다들 모이셨군요?"

"……."

"……."

"……."

"……."

그리고 잠시 후, 싸늘한 정적을 깨고 한상훈 교수가 모습을 드러냈다.

"안녕들 하셨습니까?"

손날을 이마에 가져다 대며 인사하는 시늉을 하는 한상훈 교수.

"……."

하지만 그의 인사를 받아 주는 사람은 아무도 없었다.

그 누구 하나 한상훈 교수를 맞아 주는 사람이 없었고, 심지어 그와 눈조차 마주치지 않으려는 듯 고개를 돌리고 있었다.

"다들 뭐 하십니까? 어라? 시작도 안 하셨네? 한 잔도 안 하신 겁니까?"

한상훈이 술과 안주가 가득 채워진 테이블을 쭉 훑어 내렸다.

"……."

여전히 한상훈과 시선을 피하는 사람들.

"아이고, 다들 업무에 매진하시느라 지치신 모양인데. 오늘 그 스트레스 한 방에 날려 버립시다! 자, 부위원장님, 제 잔 한 잔 받으세요!"

딸각, 꼴꼴꼴.

한상훈 교수가 고급 양주병 뚜껑을 비틀어 따더니 부위원장 위장수의 잔에 술을 채웠다.

"……."

위장수 부위원장이 마뜩잖은 표정으로 한상훈 교수가 따라 주는 잔을 받아 들었다.

"다들 표정들이 왜 그러세요? 아가씨들이 맘에 안 들어서 그런 겁니까? 다시 초이스해 드려? 김성기 교수님! 오늘따라 왜 이렇게 점잖을 빼십니까?"

"흠흠……."

김성기 교수가 헛기침만 몇 번 할 뿐, 한상훈의 질문에 침묵했다.

"허허, 오늘 우리 김 교수님이 왜 이러실까? 그동안 술 고프다고 그렇게 노래를 부르시더니? 자 자, 그러지 말고 제 잔 한 잔 받으시고 저도 한 잔 주십……."

한상훈 교수가 어색한 분위기를 바꿔 보려 애를 썼다.

"한 교수, 나 요즘 몸이 좀 허해서 약을 좀 먹고 있어요. 그래서 술은 좀 곤란해."

김성기 교수가 한상훈 교수가 건넨 술잔을 슬그머니 밀쳤다.

"그, 그래요?"

한상훈 교수가 뭔가 낌새를 눈치챘는지 김성기 교수를 흘겨봤다.

"그, 그래그래. 가뜩이나 몸이 좀 허약해서 아내가 보약 한 제 지어 줬는데, 어떻게 안 먹나?"

"헐, 보약이요? 어이가 없네요. 얼마 전까지만 해도 쌩쌩하시던데⋯⋯."

한상훈 교수의 시선이 김성기 교수의 중요 부위로 향했다.

"아냐, 아냐. 나 요즘 아침에 일어나면 식은땀 범벅이야. 체력도 떨어진 것 같고⋯⋯. 아무튼 오늘은 한 교수 얼굴만 잠깐 보려고 나왔어."

"그래요? 그러면 뭐 할 수 없죠. 그렇다면 우리 주당 장철근 교수님! 교수님, 한잔하십시오!"

"그러지."

또르르, 한상훈 교수가 장철근의 잔에 술을 채우며 너스레를 떨었다.

"며칠 전에 〈언제나 물어보세요!〉에 나오신 거 봤습니다! 아주 화면발이 죽이시던데요? 시원하게 한 잔 쭉 드십쇼. 제가 곧바로 폭탄주 하나 말아 드릴게!!"

"아니, 술은 나중에 마시기로 하고 일단 용건부터 말씀을 하시는 게 좋을 듯싶으이."

"네? 지금 무슨 말씀을 하시는 겁니까?"

심기가 불편해진 한상훈 교수가 한쪽 눈썹을 치켜뜨며 물었다.

"술은 됐으니까 용건이나 빨리 말하라고 하잖아요? 야, 너희 전부 나가 있어."

"……."

부위원장 위장수가 뻘쭘하게 앉아 있던 접대부들을 밖으로 내보내려 했다.

멈칫거리며 한상훈의 눈치를 살피는 여자들.

"하, 하하, 하하하! 이거 분위기 애매해지네? 그래, 너희는 일단 나가 있어."

"네, 알겠어요."

한상훈이 손을 내젓고 나서야 접대부들이 하나둘씩 밖으로 나갔다.

"오늘 교수님들 참 이상하시네? 술이라면 자다가도 벌떡 일어나시는 분들이 술을 마다해요? 다들 돌아가실 때가 되셨나 봐? 노는 거 싫어하시는 걸 보니?"

네 명의 교수들에게 싸늘한 눈빛을 흩뿌리는 한상훈 교수, 하나같이 그의 눈빛을 피하기 위해 고개를 돌렸다.

"이봐, 한 교수! 우리 다들 바쁜 사람들이야. 그러지 말고 용건 있으면 빨리 말하지? 없으면……."

"아니, 지금 내가 용건이 있어야 교수님들을 알현할 수 있는 사람입니까? 이보세요, 장신경 교수님! 어디 말씀을 좀 해 보시죠?"

한상훈이 의기양양한 표정을 지으며 턱짓으로 신경외과 장신경 교수를 가리켰다.

"아, 그래요. 나 솔직히 말씀드리겠소. 저, 한 교수한테 한성 CC 골프장 회원권 받았어요! 내가 솔직히 이거 하나 받고 그동안 얼마나 조마조마했는지……. 오늘 낮에 회원권 반납하고 오는 길이니까 그렇게 아세요! 저 이만 급한 볼일이 있어서 먼저 일어납니다."

"자, 장 교수님! 지금 무슨 소릴 하시는 겁니까? 그건 그냥 우리 둘 간의 우정을 돈독하게 하기 위해서 그런 거 아닙니까?"

"아니오. 내가 생각을 잘못해도 한참 잘못한 것 같소. 그땐 눈이 회까닥 뒤집어져서 그런 것 같은데, 앞으로 어지간하면 우리 모른 척하고 지냅시다. 네?"

장신경 교수가 급히 일어나 문밖으로 나갔다.

"장 교수! 장 교수!"

"한 교수님! 저도 드릴 말씀이 있습니다."

김성기 교수의 태도도 심상치 않았다.

"김 교수님은 또 왜 그러십니까??"

"후우, 동생이 오늘 내로 빌려주신 돈, 법정이자 계산해서 입금한다고 했어요. 그동안 돈 잘 썼습니다."

"아니, 아니, 그건 천천히 갚으셔도 되는 돈이에요. 그거 제가 이자 받겠다고 도와드린 것 아니지 않습니까?"

"네네, 그래요. 정말 고맙죠! 지금도 항상 감사한 마음으로 지내고 있습니다! 아무튼, 그동안 그 돈 때문에 마음이 무거웠는데 이제 좀 후련해지는 것 같네요. 그러면 저도 이만 일어나 보겠습니다."

"하아, 오늘 다들 왜 이러십니까?"

서둘러 자리를 뜨는 김성기 교수.

곧이어 정형외과 장철근 교수마저 이들과 비슷한 이유로 자리에서 일어났다.

하나둘 황급히 자리를 뜨자, 당황한 한상훈 교수가 마지막 남은 위장수 부위원장의 팔을 붙잡았다.

"위 교수님! 지금 이게 무슨 상황입니까? 다들 왜 그래요? 어디 검찰에서 조사라도 나왔어요?? 이렇게 까발리면 내가 무슨 꼴이 된답디까?"

"한 교수! 지금 이 상황이 이해가 안 돼?"

위장수 교수가 한심하다는 듯이 한상훈을 내리깔아 봤다.

"네? 그게 무슨 말씀이세요?"

"지금 교수들이 스스로 자신의 치부를 드러냈어. 그게 무슨 뜻인지 몰라?"

"그, 그러면 검찰이나 경찰에서 정말 조사라도 나왔다는 겁니까?"

"쯧쯧쯧, 검찰에서 조사를 나왔다면 우리가 여기 어떻게 앉아 있겠습니까? 한가하게 술이나 먹을 수 있는 상황이겠어요?"

"그런 게 아니면 도대체 왜들 그러시는 건가요?"

"아직도 상황 파악이 안 돼? 교수들의 태도를 보면 대충 감을 잡아야 할 것 아냐?"

"그러니까요. 다들 왜 저러는 건지 말씀을 해 달라는 것 아닙니까?"

"무슨 말을 해 달라는 거야? 전부 자네와 연을 끊겠다는 것 아닌가? 손절 하겠다는 거지, 그게 아니면 뭐야?"

위장수 역시 자리에서 벌떡 일어났다.

"아니, 아니! 교수님마저 이러시면 어떡하십니까? 우리 관계가 이 정도밖에 되지 않았습니까? 제가 교수님들과 우정을 쌓으려고 얼마나 공을 들였는데, 이러시면 어떻게 합니까?"

"그래. 나 역시 입이 열 개라도 할 말은 없네. 이번에 자네 논문에 올린 내 아들놈 이름 석 자는 빼 줬으면 해. 내 생각이 짧았어. 그런 부탁을 하는 게 아닌데."

위장수 교수가 침통한 표정을 지으며 자신의 눈을 꾹꾹 눌렀다.

"아니, 아드님 우리 병원에 들어오고 싶어 하시지 않았습니까? 그렇게 되면 쉽지……."

"됐다고요! 아무리 생각해도 내가 괜한 짓을 한듯싶으이. 아무튼 우리 애는 연희병원으로는 오지 않을 거니까, 무조건 내 아들의 이름은 빼 주길 바라요! 그러면 전 이만 나가 보겠소."

"교, 교수님! 전 지금도 이해를 못 하겠네요. 왜 그러시는 겁니까? 우리만 입 다물고 있으면 탈 날 이유가 없는 거 아닙니까?"

"하아, 이 사람아! 그게 안 될 것 같으니까 이러는 거 아닌가? 똑똑한 사람인 줄 알았는데, 의외로 아둔한 구석이 있네?"

"네? 그, 그러면 이 모든 걸 누가 알고 있다는 겁니까? 그게 누굽니까?"

"그걸 자네가 알아서 뭘 하겠나? 내가 볼 때, 해결할 수 있는 방법은 아무것도 없어. 아무튼, 우리 넷은 교수임용 심사위원직도 내려놓기로 합의를 해 둔 상황이니까 그렇게 알아요."

"네? 위원직을 내려놔요?"

"그래요. 아무튼 그렇게 됐으니까, 한 교수도 괜한 짓 하지 맙시다. 김윤찬 교수 알아보니 꽤 괜찮은 의사더만, 왜 그렇게 못 잡아먹어서 안달입니까?"

"아니, 이건 우리 연희병원의 정체성을 훼손하게 되는 겁니다! 들도 보도 못한 지잡대 출신이 우리 병원 부교수에 임명이 된다는 게 말이 됩니까?"

"정체성이고 나발이고 우리가 죽게 생겼는데 그깟 전통이 대수야? 아무튼 자네도 괜히 김윤찬 선생, 건드리지 마. 그러다 다쳐!"

벌떡, 위장수 교수가 한상훈의 손길을 뿌리치며 자리에서 일어났다.

잠시 후.

'이, 이게 어떻게 된 거야? 이게 말이 돼? 김윤찬이가 내 뒤를 캐기라도 했다는 건가? 이, 이건 말이 안 되잖아?'

몸을 부르르 떨며 멘붕에 빠진 한상훈 교수였다.

"교수님, 어떻게, 애들 다시 들여보낼까요?"

그 순간 술집 매니저가 문을 열고 들어왔다.

"꺼져."

"네? 아가씨들 새로 세팅해 놨는데요?"

"꺼져!"

"네?"

"야, 이 개새끼야! 꺼지라는 소리 안 들려!!"

쨍그랑, 분노가 머리끝까지 치밀어 오른 한상훈 교수가 벽을 향해 술잔을 집어 던졌다.

한 달 전.

"형님, 부탁을 좀 드려야 할 것 같네요."

김윤찬이 모처에서 간지석을 만났다.

"말해. 내가 언제 네 부탁 거절하는 것 봤냐?"

"하하, 고맙습니다. 여기 제가 대충 자료는 정리해 뒀으니까 이대로 실증적인 물증만 좀 확보해 주세요."

김윤찬이 간지석에게 노란 봉투 하나를 내밀었다.

"음……. 뭔데 그래?"

슬쩍 봉투를 열어 내용물을 확인해 보는 간지석.

"한상훈 교수면 너희 과 교수 아냐? 맨날 너 못 잡아먹어서 안달이 난."

"네, 그렇습니다."

"한성 CC라면 윤진수 사장이 경영하고 있을 텐데? 여기 회원권이 값이 제법 나가거든?"

"네, 그러니까 어떤 경로로 한성 CC 회원권의 소유가 한상훈에서 장신경으로 바뀌게 된 건지 좀 알아봐 주세요."

"음, 그거야 어려울 것 없지."

"감사합니다."

"그나저나 이거 죄다 심오한 자료들이네? 이런 걸 다 어떻게 확보한 거야?"

제가 어떻게 모를 리가 있겠습니까? 한상훈과 이 사람들을 연결하는 다리 역할을 한 게 저인데…….

모든 것이 생생하게 기억이 납니다! 어제 있었던 일처럼 생생하게!

"살기 위해서요"

"뭐라고? 살기 위해서?"

"네, 자꾸 뒤에서 치니까 힘들더라고요. 공격이 최선의 방어라고 하지 않습니까? 이제 그만 그들을 떼어 놔야 할 것 같습니다."

"음, 공격이 최선의 방어라? 후후후, 뭐 틀린 말은 아니지. 그나저나 공격도 공격 나름 아니야? 뭐, 때려죽일 수도 있는 거고, 항복을 받아 내는 경우도 있을 거고……. 뭐 많잖아? 네가 생각하는 게 어디까지야?"

"음, 일단은 하이에나들을 각자 떨어뜨려 놓는 선에서 마무리를 하고 싶어요. 다만, 확보된 자료들은 형님이 잘 간수해 주시고요."

"후후후, 우리 동생 많이 컸네? 보험도 들어 놓을 줄 알고?"

간지석이 김윤찬을 보며 흐뭇한 미소를 지었다.

보험이라…….

예전에는 그랬지. 언제나 보험을 들어 놓고 안절부절못했었어. 근데 보험이란 말이야, 뭔가 불안한 것이 생겨야 들어놓는 거 아냐?

지금은 그런 게 있을 리가 없지 않은가?

이제는 오롯이 내 실력으로, 내 능력으로 성공할 거야. 그러니까 보험 따위는 필요 없다!

"보험 그런 거 아니고요. 불법적인 요소가 있다면 법의 처벌을 받게 해야죠. 그러기엔 아직 자료가 좀 미진합니다. 되는 대로 취합해서 법의 심판을 받게 해야죠."

"그래그래, 네가 그냥 넘어갈 놈은 아니지. 알았다! 최대한 빠른 시간 내에 이 사람들 후다 좀 따 보마."

"네. 감사합니다, 형님!"

마침내 하이에나들이 흩어지기 시작했다.

이제 그들은 더 이상 초원의 숨은 지배자가 아니다.

그저 한 마리의 볼품없는 들개일 뿐.

그녀가 아프다

남구로 원장실.

위장수를 필두로, 교수임용 심사위원회를 맡고 있는 세 명의 교수들이 남구로 원장을 찾아왔다.

"원장님, 저를 포함해 네 명은 오늘부터 교수임용 심사위원직을 내려놓고 현업에 집중하기로 했습니다."

"하아, 갑자기 왜들 이러는 겁니까? 도대체 무슨 일이에요?"

난감한 표정의 남구로 원장.

"다른 이유는 없고, 다들 진료에 집중하고 싶어 하는 것 같습니다. 일이 겹치다 보니 환자를 제대로 보기 힘듭니다. 게다가 우리가 너무 오래 자리에 앉아 있다 보니 남들 보는 시선도 곱지 않고요."

그럴 리가 있는가?

교수 임용을 결정하는 자리. 그만큼 막강한 파워를 가지고 있다는 방증이다. 즉, 온갖 이권이 개입될 수 있는 여지는 충분했다.

이들이 그런 심사위원회 자리를 마다할 이유가 전혀 없었다.

그러니 이를 잘 알고 있는 남구로 원장의 입장에선 도무지 납득이 되질 않았으리라.

"후우, 그렇다고 이렇게 네 사람이 한꺼번에 빠지면 어떻게 한단 말입니까? 일단 올해까지는 맡아 주셔야죠. 그래야 후임 교수들을 뽑을 수 있을 것 아닙니까?"

"그건 걱정 마십시오. 저희만 나가겠다면 자리를 차지하려는 사람은 많을 겁니다. 그러니 조만간 빈자리는 메워질 겁니다."

"아니, 아무리 그래도 이건 좀 너무 뜬금없지 않소?"

"면목 없습니다. 일이 그렇게 되어 버렸습니다. 아무튼 저희는 더 이상 위원회 일을 하지 않기로 결정했습니다."

"나, 이거 참! 도통 어떻게 된 일인지 모르겠군!"

위장수 부위원장을 비롯한 네 명의 교수임용 심사위원들은 서둘러 일괄 사표를 제출했다.

그리고 시간이 흘러 3주 후, 부교수 임용 심사를 받은 김윤찬과 이택진.

모든 사람의 예상대로 김윤찬은 무난히 부교수에 임용되었고, 이택진 역시 펠로우 딱지를 떼고 조교수에 임용될 수 있었다.

연희대학병원 역사상 타 학교 출신, 그것도 지방 의대 출신이 부교수 자리에 오른 것은 이번이 처음이었다.

고함 과장실.

"김윤찬이! 이제 여엿한 부교수네?"

고함 과장이 반갑게 김윤찬을 맞아 주었다.

"감사합니다. 전부 과장님이 살펴 주신 덕분이에요."

"에헤이! 겸손이 미덕인 시절은 이미 끝났어. 이번 부교수 자리는 네 힘으로 해낸 거니 충분히 즐겨. 다만 이것만 명심해. 네 어깨에 달린 부교수란 타이틀이 얼마나 무겁고 엄중한 것인지 말이야."

"네, 명심하겠습니다."

"펠로우나 조교수 때와는 달라. 이제 넌 모든 것을 네 스스로 결정해야 하고, 그 결정한 바를 책임감을 가지고 수행해야 할 자리에 올라선 것을 의미한다. 단지 직급이 오르고,

월급 몇 푼이 더 오르는 게 다가 아니란 말이야."

"네, 알고 있습니다."

"그래! 지금부터가 의사로서 시작임을 잊지 마라. 네 손에 환자들의 소중한 생명이 달려 있다는 걸 단 한시도 잊어서는 안 돼."

"네. 그 말씀, 명심하겠습니다."

"그래그래. 아무튼 너무 장하고 자랑스럽다. 이 기쁜 소식을 이기석 교수한테도 알려 줘야지?"

"네네, 이미 말씀드렸어요. 강민우 환자 치료 때문에 이 교수님과는 거의 매일 커뮤니케이션을 하고 있습니다."

"그래. 정말 이번 일엔 이기석 교수의 공이 커. 너 절대로 잊어서는 안 된다?"

"그럼요, 당연하죠."

"좋았어! 오늘은 나랑 찐하게 한잔해야지? 이따가 퇴근하고 보자. 택진이 이놈아도 같이 나오라고 해. 그 녀석도 장해! 완전 어리바리한 놈인 줄 알았더니, 그럭저럭 쫓아오더라."

"네, 택진이도 엄청 열심히 노력하고 있어요. 앞으로도 잘 해낼 겁니다."

"그래그래. 너희 둘이 힘을 합해서 우리 흉부외과 좀 잘 이끌어 가 봐. 이제 나도 너무 늙었어."

'아이고, 팔, 다리, 허리, 어깨야. 이건 뭐, 눈도 침침하고

요즘은 손도 좀 떨리는 것 같아?'

퉁퉁퉁, 고함 과장이 주먹을 말아 쥐어 자신의 어깨를 두드렸다.

"그러니까 술도 좀 줄이시고, 담배도 좀 끊으세요! 과장님 가슴 열어 보면 폐가 숯검댕이 되어 있을 겁니다."

"됐거든?"

"아니, 무슨 흉부외과 교수님이 이렇게 담배를 피우신데요? 환자들한테는 그렇게 모질게 하시면서?"

"허허허, 네가 내 마누라냐? 무슨 바가지를 그렇게 긁어?"

"바가지가 나온 김에 하나 더 말씀드려야 할 것 같아요. 지금이라도 좋은 반려자를……."

"됐어, 됐어! 괜히 쓸데없는 소리 하지 말고 당장 꺼져! 나 회진 돌아야 해."

반려자 얘기가 나오자 고함 과장이 김윤찬의 등을 밀쳤다.

이런 걸 상전벽해라고 하는건가?

회귀 전, 나한테 눈길 한 번 준 적 없었던 고함 교수. 눈길은커녕, 한상훈 교수의 사냥개 취급을 당하며 사람 대접도 받지 못했다.

고함 교수는 언제나 날 경멸했으며, 모든 일에 있어 내게 혹독했다.

그토록 차갑고 냉정했던 그가 지금은 이렇게 살갑게 대해
준다.

정말 세상 많이 변했다.

한상훈 교수실.

이번에는 한상훈 교수가 김윤찬을 자신의 연구실로 호출
했다.

"앉아요. 뭘 그렇게 멀뚱거리며 서 있어요?"

약속 시간보다 20분이나 늦게 도착한 한상훈. 그가 대수롭
지 않다는 듯이 가운을 벗어 옷걸이에 걸었다.

"교수님, 저 그렇게 한가한 사람이 못 됩니다. 약속을 하
셨으면 시간을 지켜 주는 게 최소한의 예의 아닙니까? 저 곧
수술 들어가야 합니다."

"아아, 미안해요. 환자가 갑자기 바이탈이 떨어지는데 어
떡합니까? 그거 조치하고 오느라고 늦었어요. 많이 기다렸
습니까? 미안해요."

"……."

"미안하다니까요? 얼마 늦지도 않았는데 뭘 그렇게 골이
나셨습니까? 앉아요, 앉아."

김윤찬이 멍하니 서 있자 한상훈 교수가 그의 옷자락을 잡

아당겼다.

"용건만 말씀하십시오."

"일단, 우리 목 좀 축이고 합시다. 뭐가 그리 급해요? 잠시만 기다려요. 차 내올 테니까."

김윤찬의 말은 듣는 둥 마는 둥, 한상훈이 딴청을 피웠다.

잠시 후.

"차 식어요! 식으면 우롱차 특유의 향이 죽습니다. 얼른 드세요."

"아뇨, 저 분명히 말씀드렸습니다. 곧 수술 들어가야 한다고요."

"아, 알았어요. 이제야 비로소 같은 식구가 되었는데, 이렇게 데면데면하면 제가 좀 섭섭하죠! 진심으로 축하합니다, 김 교수! 우리 병원 최초예요. 지잡대 출신이 부교수가 된 건."

지잡대라는 단어를 서슴없이 쓰는 한상훈.

그는 김윤찬을 여전히 하대해도 되는 머슴쯤으로 여기고 있었다.

"감사합니다. 더 이상의 용건이 없으면 전 이만 돌아가 보겠습니다."

단 10분도 자리에 앉아 한상훈 교수와 마주하고 싶지 않은 김윤찬이었다.

"네가 이겼다고 생각해?"

그러자 한상훈이 표정을 바꿔 김윤찬을 표독스럽게 쳐다봤다.

"글쎄요. 그거야 교수님이 어떻게 생각하느냐에 달린 것 아니겠습니까?"

"나한테 달렸다?"

"그렇습니다. 전 단 한 번도 교수님과 싸운 적이 없으니 이겼다, 졌다를 논할 가치가 없다고 생각합니다."

"후후후, 김윤찬이 많이 컸네? 이제 난 당신의 상대가 되지 않는다는 말로 들리는데?"

한상훈 교수가 다리를 꼰 채 빈정거렸다.

"뭐, 편하게 생각하십시오. 그러면 전 이만……."

"너 이 자식, 교수임용 심사위원들에게 대체 무슨 약을 판 거야?"

승냥이 같은 한상훈이 어느 정도 눈치를 챈 모양이었다.

"무슨 소리를 하시는 건지 잘 모르겠습니다."

"좋아. 그렇다면 이거 하나만 더 묻지. 설마 간지석도 모른다고 하진 않겠지?"

김윤찬의 속내를 떠보려는 한상훈이었다.

"그럼요. 의형제처럼 지내는 사람인데, 모를 리가 있겠습니까?"

"그래. 아무래도 그 간지석이라는 자가 개입한 것 같은데 말이야…….."

또각또각, 한상훈이 손가락으로 테이블을 건드리며 눈을 치켜떴다.

"글쎄요. 전 잘 모르겠습니다. 그렇게 궁금하시면 직접 지석 형님한테 여쭤보시는 것이 더 빠를 것 같군요."

"내가 이대로 물러설 줄 알면 오산이야. 네가 어떻게 그 사람들을 구워삶았는지는 모르지만, 나도 네가 가진 만큼은 가지고 있다는 걸 명심해! 고함 과장! 네가 생각하는 것만큼 그렇게 고고한 사람일까?"

왜 여기서 고함 교수를 들먹여?

지금 무슨 개소리를 하는 거지? 또 무슨 개수작을 부리려는 거냐고!

"그래서요?"

"아무튼 그렇다는 거야. 내 말 명심해! 절대로 그냥 이렇게 물러서진 않을 테니까. 내가 그렇게 호락호락하게 당할 것 같아?"

"마음대로 하시죠. 그럼 이만 가 보겠습니다."

"김윤찬! 네가 무슨 꿍꿍이가 있는지는 모르겠지만 연희라는 곳이 그렇게 녹록지 않다는 것만 명심해. 이번에도 난 버티고 살아남았어. 앞으로도 그럴 거고. 내가 끝까지 널 지켜보고 있다는 걸 명심하는 게 좋을 거야."

한상훈 교수가 김윤찬의 뒤통수에 대고 악담을 퍼부었다.

"교수님! 지금 뭔가 대단히 착각을 하고 계신 것 같은데, 제가 바로잡아 드리죠."

휙, 김윤찬이 한상훈 교수를 향해 몸을 돌리고는 매서운 눈빛으로 그를 노려봤다.

"무, 뭐라고? 뭘 바로잡아 준다는 거야?"

강렬한 김윤찬의 눈빛에 움찔거리는 한상훈.

지금까지 단 한 번도 보지 못했던 김윤찬의 눈빛에, 한상훈은 등골이 오싹해지는 기분이었다.

"잘 들어요. 교수님이 살아나신 게 아니라, 내가 살려 드린 겁니다! 앞으로 조심하십시오. 제가 끝까지 지켜보고 있을 테니까."

"이 새끼야! 뭐라고 네, 네가 날 봐준 거라고?"

몸을 부르르 떨며 말을 더듬는 한상훈.

"교수님이 이 자리에 이렇게 앉아 계시는 것이 바로 그 증거가 되겠지요. 지금이라도 늦지 않았으니 부디 마음을 고쳐드시길 바랍니다. 전 이만 나가 보겠습니다!"

"……."

쾅, 김윤찬이 거칠게 문을 닫고 밖으로 나왔다.

똥은 무서워서 피하는 게 아니라 더러워서 피하는 거다. 하지만 아무리 더럽다고 피하기만 하면, 그곳에서 구더기가 자라고 썩어 문드러져 사방팔방에서 썩은 내가 진동하기 마련이다.

맞다, 이제는 그 똥을 치워야 할 때가 온 것이다.

이제는 더 이상 물러서지 않겠다!

♥

6개월 후.

이기석 교수와 함께 미국으로 건너간 강민우의 치료는 성공적이었다.

존스홉킨스에서 개발한 신약은 예상했던 것 이상으로 효과가 좋았고, 살고자 하는 강민우의 의지가 더해져 빠른 회복세를 보였다.

이제 절체절명의 위기를 극복한 강민우.

그러나 그는 빠른 속도로 회복하여 곧 귀국을 앞두고 있었지만, 이기석 교수는 결국 돌아오지 않았다.

고함 과장실.

"뭐라고?? 이나가??"

—그래. 아무래도 너한테 보내야 할 것 같은데, 이나 이 녀석이 고집을 피우네?

"야! 미쳤어? 당장 우리 병원으로 데리고 와! 빨리!"

—아, 알았어. 일단 나도 설득해 볼 테니까 조금만 기다려.

"아니, 그 녀석이 왜 고집을 피우는 건데?? 나도 있고 너도 있고 여기 김윤찬이도 있는데 왜 남의 병원에 가서 고생이야, 고생이??"

—후우, 바로 그거 때문이야.

"뭐라고?? 그게 무슨 소리야? 그거 때문이라니?"

—김윤찬 선생 때문이라고! 아무래도 우리 이나가 김윤찬 선생을 많이 좋아했나 봐.

"뭐야? 둘이 끝난 거 아니었어? 난 그렇게 알고 있었는데?"

—끝나긴 뭘 끝나? 시작한 적도 없는데.

"그건 또 무슨 소리야?"

—이나 이 녀석이 그냥 혼자 짝사랑했던 모양이야. 그때 언젠가 김윤찬 선생이 근무하던 경촌교도소에 다녀온 후로 부쩍 말수도 적어지고 힘들어하더라고.

"아씨, 그럼 나한테라도 말 좀 해 주지. 윤찬이 이 멀대 같은 놈은 그런 거 모른다고!"

—나도 최근에야 눈치챘어. 자기 혼자 끙끙 앓았던 거지. 김윤찬은 이나한테 별 관심이 없었던 것 같아.

"뭐야? 이 멍청한 녀석! 그렇다고 그렇게 몸이 망가지는 것도 몰랐단……."

바로 그 순간이었다.

"과장님! 지금 누구 몸이 망가졌다는 겁니까?"

"어? 아냐, 아냐. 아무것도……. 그래, 일단 나중에 통화하자. 끊는다."

고함 교수가 김윤찬의 눈치를 보더니 황급히 통화 종료 버튼을 눌렀다.

"과장님, 그 몸이 망가졌다는 분이, 혹시 이나 선배입니까?"

"이나? 아, 아니야, 아니야. 그냥 아는 후배 딸이야."

"과장님은 거짓말하실 때마다 항상 광대가 씰룩거려지시거든요? 따라서 지금 거짓말을 하고 계십니다."

"내, 내가 뭘? 뭐가 씰룩거리는데?"

당황한 고함 과장이 말을 더듬었다.

"방금 분명히 제가 들었습니다. 이나 선배한테 무슨 일이 있는 거죠? 맞죠?"

김윤찬이 점점 고함 과장에게 다가갔다.

"야! 가까이 오지 마. 왜 그래, 무섭게?"

"그러니까 말씀해 보시라고요. 이나 선배가 어떻게 됐다는 겁니까?"

"하아, 진짜 아무것도 아니라니까?"

"과장님, 전화 줘 보세요. 빨리요! 제가 확인해 볼 테니까."

"해, 핸드폰은 왜?"

고함 과장이 재빨리 핸드폰을 뒤로 감췄다.

"왜긴요? 방금 통화하신 이상종 교수님한테 확인하려고 그러죠."

"뭐? 내가 이상종 교수랑 통화한 걸 어떻게 알았어?"

"거봐요. 지금 이나 선배한테 무슨 일이 생긴 거죠? 뜸 들이지 말고 빨리 말씀해 주세요."

"하아, 젠장! 이나가 너한테 말하지 말라고 했다는 데……."

난감한 듯 뒷머리를 긁적거리는 고함 과장.

"역시 이나 선배한테 무슨 일이 있는 거군요?"

"아이씨, 몰라! 어차피 알게 될 건데, 숨겨 봐야 얼마나 숨기겠어."

"무슨 일이에요? 이나 선배가 많이 아픕니까?"

"그, 그게 말이야, 이나가 심장이 좀 안 좋은 것 같아……."

고함 과장이 마지못해 입술을 뗐다.

"그러니까, 이나 선배가 호흡곤란에 하지 부종 증세를 보인다는 말씀입니까?"

"그렇다고 하더군."

"그렇다면 청색증은요? 흉막 쪽에 통증이 있다고 하나요? 혹시 히멉터시스(객혈)를 합니까?"

"인마! 좀 하나하나씩 물어봐라."

"아, 네. 죄송합니다. 과장님."

"일단 이상종 교수의 말을 종합해 보면 가장 유력시되는 게 펄모너리 트롬보 엠볼리즘(폐 색전증)이긴 한데, 확실치는 않아."

"확실치 않다뇨?"

"디 다이머 검사에서 검사 수치가 650 정도가 나왔어."

"일반적으로 폐 색전증의 경우에 해당되는 거 아닙니까?"

"그렇긴 한데, 단순히 이것만 가지고 폐 색전증이라고 단정 지을 순 없어. 일반적으로 암 수술을 받은 경우나 단순 폐렴, 심근경색인 경우에도 그 정도 수치는 나오거든."

"다른 검사는요? CT는 찍었다고 하나요? 폐-관류 스캔은요?"

"몰라, 몰라! 그러니까 우리 병원으로 데리고 오자고 말했다고. 정밀하게 검사하려고."

고함 과장이 자신의 고개를 빠르게 가로저었다.

"네, 그래야겠네요. 당장 우리 병원으로 데리고 오죠."

"그런데 그게 지금……. 그렇게 쉽지가 않은 것 같다. 지금 경원국립대병원에 입원해 있기도 하고……. 이나가 지금 우리 병원에 오기 싫다고 그런다고도 하고."

고함 과장이 김윤찬의 눈치를 살피며 횡설수설했다.

"네? 우리 병원 의사가 왜 경원대병원에 입원을 해요? 우리 병원이 싫은 건 또 뭐고요?"

"아씨, 그런 게 있다니까. 아무튼, 내가 이번 주말에 이나한테 가 볼 테니까 그런 줄 알아."

"아뇨! 이미 디 다이머 검사 결과가 650이 넘었으면 굳이 폐색전이 아니라 할지라도 위험한 상태예요. 주말까지 기다릴 여유가 없습니다. 빨리 데리고 와서 정밀 검사를 해 봐야 해요."

김윤찬이 답답한 듯 목소리 톤을 높였다.

"아, 아니. 그게 아니라 이나가 우리 병원에 입원하기 싫다잖아! 내 딸이나 조카라면 머리끄덩이를 잡아다가 데려다 놓겠지만, 그럴 수도 없잖아?"

"그러니까요. 왜 이나 선배가 우리 병원에 입원하기 싫어하냐고요? 말이 안 되잖아요? 연희병원 의사가 왜 경원대병원에 입원……."

"아, 몰라, 몰라, 몰라! 나는 모르겠으니까 데리고 올 수 있으면 네가 가서 데리고 와. 그럼 됐지?"

고함 과장이 거칠게 뒷머리를 긁적거렸다.

"도대체 이해할 수가 없네요."

"아무튼 그런 게 있어! 그래, 어차피 잘됐어. 네가 가서 이나 직접 데리고 와. 국내 최고 병원을 놔두고 왜 거기에 입원한 거야?"

"네, 알겠습니다. 그럼 저 하루만 휴가 쓰겠습니다, 과장님."

"써! 맘대로 써. 하여간 어떻게든 이나 데리고 와야 한다! 알았어?"

"네, 뭐가 문제인지는 몰라도 반드시 데리고 오겠습니다."

"그래, 이왕 가는 김에 이상종 교수한테 안부 전해 주고. 아니다, 일단 이 교수부터 만나 보고 그러고 난 후에 이나한테 가. 전후 사정은 알아 둬야 할 것 아냐?"

"네, 알겠습니다. 그렇게 하겠습니다."

말도 안 돼! 이나 선배가 폐 색전증을?

마음이 무거워질 대로 무거워진 김윤찬이었다.

♥

윤이나 생각에 뒤척이며 한숨도 잠을 이루지 못한 김윤찬.

뜬눈으로 밤을 새운 그가 고속버스 첫차를 타고 정선으로 향했다.

정선연희병원분원.

4시간여를 달려 도착한 정선분원. 수 해가 지났음에도 불구하고 변한 것은 아무것도 없었다.

이상종 교수님을 비롯해 황진희 수간호사 등이 굳건하게 병원을 지키고 있었다.

"앉아."

까칠해진 이상종 교수의 얼굴을 보니, 분명 윤이나에게 무슨 일이 생긴 것이 틀림없었다.

"네, 교수님."

"오느라고 고생 많았어."

"교수님이 더 고생이시죠. 그나저나 이나 선배는 어떻게 된 겁니까? 어디가 아픈 거예요?"

김윤찬에게는 그 무엇보다 윤이나의 건강 상태를 파악하는 것이 중요했다.

"음, 고함 교수한테 들었는지는 모르겠지만, 일단 검사 결과를 놓고 얘기하자면 원인 불명이야."

이상종 교수가 안경을 벗더니 눈을 꾹꾹 눌렀다.

"네? 원인 불명이요? 일단 대중적인 증세로 봤을때는 펄모너리 트롬보 엠볼리즘(폐 색전증)일 가능성이 꽤 높아 보이던데요?"

"그렇지. 몇 가지 검사 결과를 놓고 볼 때는 폐 색전증이라고 보는 것이 타당하긴 할 것 같은데, 이상해. 뭔가 단순 폐 색전증이라고 하기에는 찜찜하단 말이야."

어쩌면 이상종 교수의 느낌일 뿐일 수도 있다.

자신이 가장 아끼는 조카이기에 객관적으로 접근하지 못

하는 것일 수도 있다.

하지만, 수십 년간 축적되어 온 의사의 감.

이 또한 마냥 무시할 수만은 없으리라.

"음, 그러니까 우리 병원으로 데리고 와야죠. 경원대부속 병원을 무시해서가 아니라, 흉부외과 쪽은 인력이나 검사 장비, 제반 시설 면에서 경원대와는 비교가 되지 않잖아요."

"음, 누가 그걸 몰라서 그러나."

쩝, 이상종 교수가 답답하다는 듯이 입맛을 다셨다.

"후우, 교수님도 그러시고, 고함 과장님도 그러시고 왜 이러시는지 모르겠어요. 그냥, 당연히 우리 병원으로 데리고 와야 하는 거 아닙니까?"

답답하기는 김윤찬도 마찬가지였다.

"그게 참! 데리고 올 수 있으면 자네가 데리고 와. 난 모르겠으니까. 이나 이 녀석이 도통 말을 들어 먹어야지 말이야. 누굴 닮아 쇠고집이야?"

"그거야 교수님을 닮아서겠죠."

"에이씨, 닮을 걸 닮아야지. 왜 쓸데없는 걸 닮아 가지고 사람 속을 이렇게 썩이나? 자기 엄마는 소식 듣고 지금 쓰러져서 일어나지도 못하고 있구먼."

"이나 어머님이 쓰러시셨습니까?"

"안 그렇겠어? 무남독녀 외동딸한테 저렇게 날벼락이 떨어졌는데 멀쩡한 엄마가 어디 있겠냐고."

"음, 도대체 무슨 일입니까? 저는 도저히 이해가 되지 않습니다. 고함 과장님도 있고, 저도 있는 우리 병원을 고사하는 이유가 뭔가요?"

"나도 몰라! 다 너 때문이야."

이상종 교수가 자신의 이마를 긁적였다.

"네? 저 때문이라고요?"

"그래. 전부 너 때문이니까 네가 알아서 설득을 하든, 머리채를 잡고 끌고 오든 알아서 해. 이제 나도 지쳤으니까."

후우우, 이상종 교수가 고개를 가로저으며 땅이 꺼져라 한숨을 내뱉었다.

"네. 그렇게 하겠습니다. 다만, 이유는 끝까지 말씀 안 해 주시는 겁니까?"

"난 모른다니까? 그러니까 모든 건 네가 알아서 해!"

이상종 교수가 짜증 섞인 말투로 쏘아 붙였다. 단 한 번도 이렇게 짜증을 낸 적이 없었기에 당혹감을 감추지 못하는 김윤찬이었다.

"네, 알겠습니다. 그러면 지금 바로 경원대병원으로 가겠습니다."

"그래, 다녀 와."

이상종 교수가 김윤찬의 시선을 회피하며 손을 내저었다.

"김 선생님!"

김윤찬이 이상종 교수방에서 나오자 기다리고 있던 황진희 간호사가 그의 팔을 잡아챘다.

"아, 네. 간호사님!"

"쉿! 이리요. 아무 말 말고 저 따라오세요."

황진희 간호사가 입술에 검지를 갖다 대며 김윤찬의 옷소매를 잡아끌었다.

"아, 네."

잠시 후.

황진희 간호사가 김윤찬을 데리고 간 곳은 병원 밖 뒤뜰, 볕이 좋은 곳이었다.

그곳은 김윤찬도 잘 알고 있는 곳이었다.

"여긴 여전하네요."

주변을 둘러보며 감회에 젖는 김윤찬.

"그렇죠? 사람 마음은 시시때때로 변하지만 자연은 언제나 그대로예요. 이렇게 한결같아서 정말 좋아요."

황진희 간호사 역시 팔짱을 낀 채, 따사로이 내리쬐는 햇빛을 만끽했다.

"맞아요. 그런 것 같아요. 그나저나 교수님 좀 이상하시던데, 혹시 간호사님은 무슨 이유인지 아시나요?"

"후훗, 원장님한테 많이 혼났어요?"

"네? 아, 네. 혼났다기보다는 절 보시는 눈빛이 예전 같지 않아서 좀 당황스럽기는 해요. 이나 선배가 아프니까 그럴 수 있다고 생각하지만, 저한테까지 그러실 이유는 없지 않을까요?"

여전히 의문이 풀리지 않는 김윤찬이었다.

"그만한 이유가 있으니까 그러지 않을까요?"

황진희 간호사가 입가에 희미한 미소를 띠었다.

"어휴! 정말 다들 왜 이러시는지 모르겠어요! 그러니까 그 이유가 뭔지 알아야 저도 이해를 할 것 아닙…….."

"이나 쌤이 윤찬 쌤을 엄청 좋아해요. 그게 이유예요."

"……네?"

김윤찬의 말이 떨어지기도 전에 황진희 간호사가 답을 내놓았다.

"……아, 네. 저도 이나 쌤 엄청 좋아합니다. 근데 그게 무슨 상관입니까?"

"어휴, 이나 쌤은 이런 눈치 없는 남자가 뭐가 좋다고 그런대? 내가 다시 설명해 줄게요. 이나 쌤이 윤찬 쌤을 남자로 좋아해요! 그래서 초라한 자기 모습을 쌤한테 보이고 싶지 않은 거예요. 이 바보 멍충이님아!"

"네? 그, 그럴 리가요. 그럴 리가 없는데……?"

당황한 김윤찬이 말을 더듬거렸다.

"그럴 리가 있어요! 옛날에 이나 쌤이 윤찬 쌤 만나러 경촌에 간 적 있죠?"

"아, 네네. 저 경촌에서 의무관으로 일할 때요."

"이나 쌤, 그때 윤찬 쌤 보고 와서 눈이 퉁퉁 붓도록 울었다고욧!"

"네? 그건 왜요?"

"윤찬 쌤의 그 눈빛? 그 여자를 바라보던?"

"그 여자라면…… 혹시 미연 씨……요?"

"아마 맞을 거예요. 윤찬 쌤이 그 여자를 바라보는 눈빛이 우리 이나 쌤을 밤새도록 울게 만들었다고요!"

"아, 아닌데…… 그럴 리가 없는데?"

"아무튼 여자의 직감은 못 속일걸요. 윤찬 쌤, 그 여자분 좋아했죠?"

당연히 좋아할 수밖에요. 미연이는 전생의 내 아내였으니까.

"아니요, 미연 씨는 좋아하는 남자가 따로 있어요. 저 역시, 미연 씨한테 사적인 감정을 느낀 적 없고요."

"정말이요?"

"네, 그렇습니다. 전혀 그런 마음 없었습니다."

"그러면 우리 이나 쌤은요?"

"그, 글쎄요. 지금은 뭐라고 딱히 말씀드리기가 곤란하네요. 너무 뜻밖이어서요. 지금은 머릿속이 그냥 하얘요."

"세렌디피티! 사랑은 그렇게 우연히 찾아오기도 한답니

다. 윤찬 쌤! 지금 당장 가서 우리 이나 쌤 좀 데리고 와 줘요. 지금 이나 쌤을 데리고 올 수 있는 사람은 이 지구상에 윤찬 쌤뿐이거든요!"

황진희 간호사가 김윤찬의 양손을 움켜쥐었다.

세렌디피티? 사랑은 우연히 찾아온다?

뜻밖의 상황에 김윤찬 역시 당황했지만, 이거 하나만큼은 확실했다.

그 역시 윤이나가 싫지 않다는 것. 바로 이것이었다.

"네, 제가 지금 당장 병원으로 갈게요. 이나 쌤 이대로 놔두면 안 되겠어요!"

"윤찬 쌤! 정말 잘 생각하셨어요! 우리 이나 쌤도 엄청 기뻐할 거예요!"

황진희 간호사가 뛸 듯이 기뻐하며 김윤찬의 두 손을 꼬옥 쥐었다.

♥

국립경원대학병원 흉부외과 김정훈 교수실.

김윤찬이 윤이나를 만나기 전.

그녀의 주치의인 김정훈 교수를 먼저 찾아갔다. 그녀의 정확한 상태를 파악해 볼 필요가 있었다.

"김윤찬 교수, 어서 와요. 고함 교수님한테 얘기 많이 들었습니다."

김정훈 교수가 기다렸다는 듯이 김윤찬을 반갑게 맞이했다.

고함 과장이 미리 연락을 취한 모양이었다.

"네, 교수님! 반갑습니다. 처음 뵙겠습니다."

"그래요. 김윤찬 교수의 명성은 익히 들어서 알고 있습니다."

김정훈 교수가 김윤찬에게 자신의 명함을 건네주며 악수를 청했다.

"명성이요? 어휴, 그런 거 없습니다. 그런 말 하지 마십시오."

"아니지! 명성도 명성이지만, 고함 교수님이 아주 입에 침이 마르도록 칭찬을 해서 어떤 분이신가 궁금했어요. 어지간해선 그런 칭찬을 안 하시는데 말이에요. 워낙 그런 거에 인색한 양반이잖아요?"

"아, 네. 그렇습니까? 부끄럽습니다."

"아니에요. 고함 교수님이 칭찬할 정도면 그 칭찬을 받을 만한 사람이겠죠. 그 교수님 아무나 칭찬하는 사람 아니잖아요?"

"과찬이십니다."

"과찬인지 아닌지는 나중에 보면 알겠죠. 오늘 윤이나 환자 때문에 날 찾아온 거죠?"

"네, 그렇습니다. 윤이나 환자는 좀 어떻습니까?"

"지금 당장 큰 문제는 없을 것 같은데, 그게…… 뭐라고 단정 짓기가 좀 그러네요?"

김정훈 교수가 난감한 듯 눈썹 주변을 긁적거렸다.

"그게 무슨 말씀입니까?"

드르륵, 김윤찬이 상기된 표정으로 의자를 당겨 앉으며 질문했다.

"하아, 그게 좀……. 뭐라고 딱히 설명하기가 어려운 데……."

김윤찬이 윤이나 얘기를 꺼내자 김정훈 교수의 표정이 급격하게 어두워졌다.

"왜 그러세요? 심각한 상황입니까?"

조금씩 김윤찬의 마음이 조급해지기 시작했다.

"아뇨, 심각하다라기보단 조금 당황스러워서요."

"당황스럽다뇨? 그건 또 무슨 말씀입니까?"

"제가 수없이 많은 환자를 봤지만 이렇게 감을 잡기 어려운 환자는 처음인 것 같아요. 그래서 당황스럽다고 말씀드리는 겁니다. 아니 정확히 말하면 당황스럽다기보단, 애매하다는 게 더 정확한 표현일지 모르겠네요."

"진단을 내리기 애매하다는 게……. 제가 윤이나 환자 차트를 볼 수 있겠습니까?"

"그래요. 그게 좋겠습니다. 일단 환자 차트부터 보면서 차

근차근 얘기를 좀 더 나눕시다."

딸깍, 김정훈 교수가 컴퓨터 전원을 켜고 윤이나 차트를 모니터에 띄웠다.

"보시다시피 폐 색전증의 전형적인 증세입니다."

남자보다는 여자가 연령이 높을수록 걸릴 확률이 큰 폐 색전증. 주요 인자로는 심부정맥 혈전증, 경구용 피임약, 임신, 암, 흡연 등이 있었다.

"보시면 아시겠지만, 웰스 크리테리아(Wells Criteria, 폐 색전증 지수로, 4점 이상이면 고위험군으로 해석함) 스코어가 5점이에요. 그렇다면 분명 폐 색전증으로 봐야 타당한데, 이상한 게 좀 많아요."

"이상한 점이라면?"

"윤이나 환자의 경우, 부정맥이 다소 있긴 하지만 심부정맥 혈전증이라고 보기엔 애매하고, 비흡연자이면서 경구용 피임약을 복용했던 경험도 없죠. 물론 임신 경험도 없습니다. 그런데 왜 이런 증세가 나타나는 건지 모르겠어요."

차트를 살펴보던 김정훈 교수가 고개를 갸웃거렸다.

"그렇긴 하군요."

"네, 이상하죠. 위험 인자가 전혀 없는 사람이 왜 폐 색전증 증세를 보이는 건지 모르겠네요. 저도 이럴 때는 의사로서 정말 난감합니다."

김정훈 교수가 이마를 문지르며 곤혹스러워했다.

"RV(Right Ventricle of Heart, 우심실) 상태는 어떻습니까?"

"우심실은 양호한 편이에요. 혈압도 나쁘지 않고."

틱틱, 김정훈 교수가 마우스를 움직여 윤이나의 다른 차트를 화면에 띄웠다.

"그렇군요. 그러면 치료는요?"

"지금은 와파린(항응고제)하고 리바록사반(항응고제)을 함께 쓰고 있어요."

항응고제를 사용해 혈액응고를 막는 초기 단계의 치료법이었다.

"항응고제가 말을 듣지 않을 경우에는요? 치료 계획은 있으신 겁니까?"

"그렇게 된다면 교수님도 아시다시피, 플라빅스(혈전 용해제)를 써야 하지 않겠습니까?"

우심실의 상태가 악화되고 혈압이 높을 경우, 혈전 용해제를 써서 직접 혈전을 녹이는 치료법이었다.

"그렇겠군요."

"아무튼 일단 우린 대증 치료에 전념할 수밖에 없는 상황인데, 환자 상태가 개선되질 않고 있네요. 그래서 저희도 연희병원 흉부외과로 옮기는 것이 어떻겠냐고 설득 중인데, 환자가 도통 말을 듣지 않아요. 고집불통입니다."

자신이 소속된 병원을 놔두고 이곳에 온 윤이나를 이해하기 힘든 김정훈 교수였으리라.

"그래서 제가 윤이나 환자를 데리러 왔습니다."

"알아요. 고함 교수님한테 대충 얘기는 들었습니다."

"네, 그러면 제가 윤이나 환자를 데리고 가도 되겠습니까?"

"네, 그렇게 하시죠. 고함 교수님도 그렇고, 보호자이신 이상종 교수님과도 이미 말은 맞춰 둔 상황입니다. 저희야 언제든 연희로 전원시킬 준비는 되어 있습니다. 문제는 환자죠."

"네, 알겠습니다. 그러면 제가 윤이나 환자를 좀 만나 보도록 하겠습니다."

"알겠습니다! 연희로 전원시킨 후에 정확한 병명이 확인되면 저한테 인폼 좀 주십시오. 저도 엄청 궁금하네요, 이게 어떻게 된 일인지."

"네, 알겠습니다."

♥

이나가 아프다!

그것도 많이 아프다.

병의 원인을 찾을 수 없을 정도로 위중하다.

이유 없이 가슴이 저려 온다.

아니, 가슴이 아프다.

이런 감정이 생길 것이라고는 나조차도 몰랐다.

그전까지는 전혀 몰랐다.

그녀가 아프다는 말에 내 가슴이 이토록 철렁거릴 줄은.

지금 온통 머릿속에 그녀 생각뿐이다.

이나가 아프다는 소리를 듣는 순간, 아무것도 생각나지 않는다.

어떻게든 그녀를 만나야겠다는 생각 말고는 말이다.

김윤찬은 상기된 표정으로 뚜벅뚜벅 발걸음을 옮길 뿐이었다.

김정훈 교수의 방에서 나와 이나를 만나러 가는 길.

김윤찬의 가슴속에 숨겨 왔던 감정들이 주마등처럼 스쳐 지나간다.

그동안 켜켜이 쌓아 왔던 감정들이 하나씩 하나씩 풀어헤쳐지는 것 같다.

정선분원에서 보낸 수많은 날, 쏟아지던 별들을 바라보며 그녀와 나눴던 대화들.

해맑게 웃으며 나를 바라보던 환한 얼굴이 생생하다.

이상종 교수가 탄광에 갇혔던 날.

내 몸에 기대어 울먹였던 그녀.

그녀의 가녀린 어깨의 흔들림이 고스란히 느껴지는 것 같다.

경촌교도소에서 그녀를 만났던 날.

그날 유난히 비가 왔었지.

하지만 그날 봤던 그녀의 눈빛을 잊을 수가 없다.

단 한 번도 보지 못했던 그녀의 슬픈 표정.

그리고 미세하게 흔들렸던 그 손끝도 생생하게 떠오른다.

지금 이 순간 너무나도 생생하다.

맞다.

나 역시 그녀를 좋아하고 있었다는 것을.

이제야 알았다.

미연이를 그렇게 보낸 실수를 반복하지 않으리라.

반드시, 반드시.

이 여자를 살려야 한다.

축 늘어뜨린 두 주먹을 가볍게 쥐어 보는 김윤찬.

그렇게 김윤찬은 천천히 걸었고, 어느새 윤이나가 누워 있을 병실 앞에 도착했다.

똑똑똑.

김윤찬이 옷매무새를 단정히 하고 병실 안으로 들어갔다.

윤이나 병실.

"이나 선배님!"

"어? 윤찬 씨? 윤찬 씨가 여길 어떻게……."

김윤찬의 모습이 보이자 화들짝 놀라는 윤이나. 그녀가 자리에서 벌떡 일어나 앉았다.

　　"후우, 도대체 이게 뭡니까? 선배가 왜 환자복을 입고 있는 거죠?"

　　김윤찬이 못마땅한 시선을 흘뿌렸다.

　　"아, 그게……. 그나저나 제가 여기 있는 걸 어떻게 알았어요? 삼촌이 말씀하신 건가요?"

　　당황한 기색이 역력한 윤이나. 그녀가 흘러내리는 머리를 쓸어 올렸다.

　　"지금 윤이나 선배가 여기 있는 걸 제가 아는 게 중요해요? 선배가 아프다는 게 중요한 거지?"

　　"아니, 그게 아니라 별거 아니라서요."

　　"별거 아니라고요? 폐에 혈전이 생긴 게 별거 아니라고 배웠어요? 도대체 어떤 돌팔이가 그렇게 말하던가요? 와파린, 리바록사반이 소화제나 감기약쯤 되는 약입니까?"

　　"……."

　　뜻밖의 상황에 윤이나가 울먹거렸다.

　　"이렇게 숨는다고 내가 못 찾아낼 줄 알았어요? 왜 나만 나쁜 사람을 만들어요. 진짜 선배 나쁘다!"

　　후우, 김윤찬이 옷소매를 걷어 올리며 깊은 한숨을 내쉬었다.

　　"미안해……요."

"어휴, 똑똑한 사람이 어떻게 이렇게 미련할 수가 있는 건지 도무지 이해가 안 돼요. 나보고 좋은 의사라고 말했던 건 다 거짓말이야."

"아냐. 그런 거 아니에요. 괜히 윤찬 쌤 신경 쓰게 하고 싶지 않았어요. 안 그래도 힘들게 일하는 사람인데."

"아니! 이런 게 날 더 힘들게 한다는 거 몰라요? 내가 이나 선배 아프다는 소식을 듣고 얼마나 놀랐는지 알아요? 정말 잠 한숨 못 자고 여기까지 달려왔어요! 근데 이게 어떻게 날 위한 거예요!"

김윤찬이 더욱더 날카로운 목소리를 토해 냈다.

"아니, 그러실 필요 없어……."

"이나 선배! 나 좋아해요??"

윤이나가 말을 더듬거리자, 김윤찬이 먼저 훅 치고 들어왔다.

"네? 그게 무슨……."

갑작스러운 말에 가뜩이나 커다란 눈이 더욱더 커져 버린 윤이나였다.

"저 좋아하냐고 물었어요."

"아니 그게……."

윤이나가 손가락만 만지작거릴 뿐, 머뭇거렸다.

"아니다. 그런 건 하나도 상관없어요. 지금까지 이나 선배 마음대로 했으니까, 오늘부터는 제 마음대로 할래요. 당장 우리 병원으로 가요!"

　주섬주섬, 김윤찬이 윤이나의 짐을 챙기기 시작했다.

　"아, 아니! 윤찬 쌤! 잠깐만요. 지금 당장 가자고요?"

　짐을 챙기는 김윤찬의 모습에, 윤이나가 당황한 듯 물었다.

　"그러면? 내 여자가 이렇게 아픈데 나보고 그냥 가만히 있으라는 거예요?"

　"네?? 그게 무슨 소리……."

　윤이나의 동공이 마구 부풀어 올랐다.

　"뭘 그렇게 놀라요? 가자고요. 얼른! 드라마에서처럼 애기야, 가자! 뭐 이렇게 해 주길 바라는 건 아니죠?"

　김윤찬이 나머지 서둘러 나머지 짐을 쌌다.

　"아니 너무 갑자기니까 제가 정신을 못 차리겠어요."

　"나도 너무 갑자기 선배가 아파서 정신 못 차리겠어요. 그러니까 우리 빨리 가요."

　"……어휴, 이거 무슨 일이래요?"

　당황해 보이면서도 결코 싫지만은 않은 표정의 윤이나였다.

　그렇게 얼떨결에 김윤찬을 따라나선 윤이나.

결국 그녀는 연희병원 흉부외과 병동으로 자리를 옮겼다.

　고함 과장실.

　"아니, 대체 어떻게 이나를 구워삶은 거야? 그렇게 안 오겠다고 버티던 녀석을?"

　고함 과장이 이해할 수 없다는 표정을 지었다.

　"글쎄요? 저를 믿어서겠죠?"

　"네 실력을? 내가 아니고?"

　"흐흐흐, 장강의 뒤 물결이 앞 물결을 밀어낸다는 말도 모르세요?"

　"헐, 너 많이 컸다? 지금 나 도발하는 거지?"

　"뭐, 도발까지는 아니고요. 말이 그렇다는 거죠."

　"좋아! 너 나랑 내기하자. 이나가 나한테 치료받길 원하는지, 너한테 치료받기 원하는지? 십만 원 빵? 콜?"

　"글쎄요. 과장님. 그거 가지고 되겠습니까? 배팅 좀 더 하시죠? 1백만 원 빵 어떻습니까?"

　"이 새끼 봐라? 이 자신감 어디서 나오는 거냐?"

　사랑하는 여자를 잃는 건 단 한 번입니다. 이나는 제가 반드시 살려요, 과장님!

　"전부 과장님한테 배운 건데요? 의사는 자신감 하나로 먹고사는 거라면서요?"

　"아놔, 이 새끼! 물에 빠져도 입은 동동 뜨겠구먼."

"그러니까 괜히 1백만 원 날리시지 마시고 저한테 양보하세요."

"알았다. 새꺄! 네 여자니까 네 맘대로 지지고 볶고 다 해. 대신 반드시 살려 내야 한다?"

피식, 고함 과장이 김윤찬을 보며 한쪽 입꼬리를 말아 올렸다.

"네? 그게 무슨 소리예요? 네 여자라뇨?"

"이 능구렁이 같은 놈아! 나도 귀 달리고 눈 달렸어! 어제 황진희 간호사한테 다 들었다, 이놈아!"

"아…….."

"이 새끼 아주 웃기는 놈일세? 뭐? 애기야 가자? 그랬다면서?"

"아뇨, 아뇨! 누가 그런 말을 했어요? 저 그런 닭살 돋는 말 절대 못 해요!"

"음흉한 놈! 황진희 간호사한테 다 들었다니까? 어디서 구라를 쳐, 이놈아?"

"아니라니까요, 진짜!"

"됐고! 이나 반드시 살려 놔라? 안 그러면 네 손모가지 댕강 부러뜨려 버릴 테니까! 내가 두 눈 똑바로 뜨고 지켜본다?"

고함 과장이 손가락으로 김윤찬의 눈을 찌르는 시늉을 했다.

그리고 며칠 후.

마침내 윤이나의 정밀 검사 결과가 나왔다.

검사 결과가 나왔지만, 국립경원대 병원에서의 결과와 크게 다르지 않았다.

"음……."

한참 동안 결과지를 살펴보고 있는 고함 과장. 표정이 잔뜩 굳어 있었다.

"결국 폐 색전증이라고 보는 게 맞겠습니까?"

김윤찬 역시 고함 과장과 크게 다르지 않았다.

"음, 별로 다르게 나온 게 없어."

고함 과장이 굳은 얼굴로 차트를 넘겨 봤다.

"결국 특발성 폐 색전으로 봐야겠군요."

"그러게……. 근데 도대체 왜 폐 색전증이 온 건지 알 수가 없네? 위험 인자가 아무것도 없어. 이렇게 되면 결국 경원에서나 우리나 치료 방법이 달라질 건 하나도 없거든."

"그렇습니다. 벌쵸 트라이어드(혈전 생성 주요 원인)에 해당되는 게 아무것도 없는 게 너무 어이가 없습니다."

"그러게 말이다. 경원대 김정훈 교수의 말대로 평소의 이나의 생활 습관이라면 폐 색전이 생길 이유가 하나도 없어."

"그러니까 말입니다."

곤혹스러운 표정의 김윤찬이었다.

벌쵸 트라이어드란 혈전이 생기는 주요 원인을 말한다.

주요 원인은 피의 흐름이 원활하지 않은 정체, 혈관 외상, 과응고. 하지만 윤이나의 경우에는 그 어떤 것도 이에 해당되지 않았다.

　아니, 정확하게 말하자면 벌쵸 트라이어드가 생길 만한 위험 인자가 전혀 없었다는 것이 정확한 표현이었으리라.

　천하의 고함 과장도 병원의 원인을 찾기 힘들 만큼 윤이나의 케이스는 특이했다.

　"윤찬아, 일단 대증 치료에 집중하면서 경과를 지켜보도록 하자. 나도 좀 자료를 찾아보마. 케이스를 찾아보면 특발성이라도 뭔가 나오는 것이 있을 거야."

　"네, 알겠습니다. 저도 케이스를 찾아보겠습니다."

　"그래, 같이 노력해 보자. 원인이 밝혀져야 뭐든 해 볼 거 아냐?"

　"네."

　"그나저나 이나 컨디션은 좀 어때?"

　"많이 좋아진 것 같아요. 아무래도 심리적으로 안정을 찾으니까 그런 듯해요."

　"암암! 그렇지. 애인이 최고의 흉부외과 의산데 당연히 그래야지."

　"아휴, 그 정도는 아니에요."

　"웃기시네? 요즘 네 표정도 완전 싱글벙글인 거 모르냐? 어제 컨퍼런스에서도 구석탱이에 앉아서 실실 쪼개더니만.

이나 생각하느라고 그랬냐?"

고함 과장이 김윤찬을 향해 눈을 흘겼다.

"아, 아니에요. 그런 거."

"아니긴, 인마? 우리 공과 사는 확실히 구별하면서 살자?"

"아, 네. 죄송합니다."

"흐흐흐, 농담이야. 이놈아! 그나저나 이나가 그렇게 좋냐?"

"아, 진짜! 그러니까 과장님도 연애 좀 하시라니까요? 무슨 노총각 히스테리도 아니고."

"어이없네? 이제 부정도 안 하네? 그동안 이나랑 연애하고 싶어서 어떻게 참았냐? 이 능구렁이 같은 새끼야. 생전 홀아비로 늙어 죽을 놈 앞에서 연애질하니까 좋던?"

고함 과장이 빈정이 상한 듯 퉁명스럽게 쏘아붙였다.

"그게 무슨 궤변입니까? 그러면 저도 과장님처럼 홀아비로 늙어 죽으란 말씀입니까??"

"아놔, 이 새끼 봐라? 언제는 메스랑 결혼했다며?"

고함 교수가 벙찐 표정을 지었다.

"뭐, 원래 사랑은 변하는 거니까요."

"켁켁켁, 뭐 사랑? 닭살이다, 새꺄!"

며칠 후, 윤이나 병실.

김윤찬이 윤이나를 치료하기 위해 병실로 들어갈 즈음이었다.

우르르르.

막 두 명의 여자들이 윤이나 병실에서 나왔다.

윤이나와 비슷한 또래의 여자들인 것으로 보아, 그녀의 병문안을 온 듯싶었다.

"가뜩이나 마른 애가 너무 야위었어. 어휴, 얼굴에 눈밖에 없더라. 볼살도 다 빠지고."

"이나가 빠질 볼살이 어딨니? 원래 그랬어."

"그렇긴 하지. 그나저나 가뜩이나 한 줌도 안 되는 허리가 더 가늘어졌더라. 얼굴도 창백하고. 정말 많이 아픈 건가? 본인이 의사면서 어떻게 자기 몸이 이 지경이 되도록 모를 수 있는 거지?"

"이나 이 기집애가 헛똑똑이잖아. 환자만 볼 줄 알지, 자기 몸 돌볼 생각은 안 한 거지."

"하아, 그러게 말이야. 남들 병은 잘도 고치면서 어떻게 이럴 수가 있니? 정말 아이러니하다."

"얘! 근데 솔직히 부럽긴 하더라. 저 정도면 허리 23 정도 되지 않을까? 44사이즈 옷도 입을 수 있겠네. 옷은 44가 예쁜데."

"미쳤어? 그게 아픈 환자 앞에서 할 소리야?"

"아니, 뭐. 그렇다는 거지. 하여간 이쁜 것들은 아파도 이쁘더라."

"너 친구 맞니?"

"아무튼. 그나저나 이나 저러면 세이버 모임 못 나가겠네?"

"너 진짜 제정신이야? 저 몸으로 무슨 모임에 나와? 제발, 생각이라는 걸 좀 하고 살자."

윤이나의 친구들이 병문안을 온 모양이었다.

"어, 안녕하세요?"

그 순간, 한 여자가 나를 보며 알은척을 했다.

"아, 네. 안녕하세요."

"이나 주치의 선생님 맞으시죠?"

"네, 그렇습니다."

"맞으시구나! 혹시 김윤찬 선생님?"

그 여자가 목에 걸려 있는 네임 택을 유심히 살피며 말했다.

"네, 맞습니다. 제가 김윤찬입니다."

"정말요? 맞네, 이분이시구나! 이나한테 가끔 선생님 말씀 들었거든요! 저희는 이나랑 대학 때부터 절친이에요!"

"아, 네. 그러시군요."

병실 안으로 들어가야 하는데, 윤이나 친구들은 김윤찬을 놔줄 생각이 없는 듯 보였다.

"우리 이나가 요즘 무리를 많이 하던데, 그래서 병이 났나 봐요! 어쩐지 무리한다 싶을 정도로 물질을 자주 나가더라고요."

"물질이요? 그게 뭡니까?"

"아아, 물질은 우리끼리 바다 들어갈 때 쓰는 표현이에요."

"이나 선배가 바다를 들어가요?"

"앗! 모르셨구나. 이나요, 세이버라고 스쿠버다이버 모임 회원이거든요."

"스쿠버다이버요?"

"네네. 선생님은 모르셨어요?"

이나 선배가 스쿠버다이빙을 했다는 건가? 나한테는 그런 말 한 적 없는데.

"아, 네. 전혀 몰랐습니다."

"그게 언제더라? 한 5~6년 됐나? TV에서 죽은 거북이 사체에서 플라스틱이 잔뜩 나온 걸 보고 저희랑 이나가 엄청 충격을 받았거든요. 그때부터 스쿠버다이빙 배워서 지금은 봉사 활동 하고 있어요."

5~6년쯤이면 내가 경촌에 있을 때 같은데…….

"아, 그랬군요."

"네. 그런데 최근에 이나가 엄청 물질을 자주 나가더라고요. 무리한다 싶을 정도로요."

"네에."

"아무튼 우리 이나 잘 좀 부탁해요, 선생님!"

"네, 알겠습니다."

그렇게 이나 친구들이 한참을 떠들다 발길을 돌렸다.

몸도 허약한 사람이 무슨 스쿠버다이빙…… 잠깐! 스쿠버 다이빙??

잠시 생각에 잠겼던 김윤찬이 눈을 번쩍 뜨고는 윤이나 병실로 뛰어들어 갔다.

"이나 선배, 몸은 좀 괜찮아요?"

"아, 네. 괜찮아요."

윤이나가 천천히 몸을 일으켜 세웠다.

"속은 편안해요? 잘 알고 계시겠지만, 리바록사반 같은 경우는 위 점막에 무리가 생길 수 있어요."

"네, 아직은 큰 문제 없어요."

"다행이네요. 빈혈 증세 있으면 바로 알려 줘요."

"네, 그럴게요."

"그나저나 친구분들이 다녀간 것 같은데?"

"아! 애들 보셨어요?"

"네, 여기 오다가 만났는데, 한참을 붙들고 있어서 혼났어요. 혹시 친구분들한테 제 얘기 했어요?"

"아······. 그게 아니라 하도 물어보길래······. 그냥 대충 둘러댔는데, 불쾌했다면 죄송해요."

순간, 윤이나의 얼굴이 홍당무처럼 붉어졌다.

"불쾌하긴요. 뭐라고 했는데요?"

"그냥, 뭐······. 병원에서 같이 일했던 동료······. 친구? 뭐 그렇게 말했어요. 별말은 안 했어요."

"그게 더 화나네?"

김윤찬이 입술을 삐죽 내밀었다.

"네??"

"내가 무슨 선배 친구예요. 난 여자랑 친구 안 합니다."

"그럼?"

"애인?"

"호호호, 애인은 좀 닭살인데요? 누가 요즘 그런 말을 해요?"

연희병원으로 전원한 후, 확실히 표정이 밝아진 윤이나였다.

"그러면 뭐라고 해요?"

"뭐······. 보통은 남자 친구나 남친이라고 하지 않나?"

좀 더 발그레해지는 윤이나의 얼굴이었다.

"좋아요. 그러면 남친! 뭐 그걸로 하죠."

헤헤헤, 김윤찬이 윤이나를 보며 배시시 웃었다.

"남친? 어우, 그거도 사실 좀 닭살인데······. 우리 아직 그런 사이 아니잖아요."

"그럼 애인하든가? 지금 당장 밖에 나가서 친구분들한테 저 윤이나 애인이라고 할까요?"

"아, 아니에요. 그러지 마세요."

김윤찬이 너스레를 떨자 윤이나가 질겁하며 김윤찬의 옷소매를 잡아당겼다.

"그러면 이제부터 내가 선배 남친입니다?"

"아니 그게 좀……. 너무 갑작스러워서."

윤이나가 김윤찬의 시선을 피해 얼굴을 돌렸다.

"친구분 얼마 못 갔을 것 같은데? 지금 당장 나가요? 최대한 빨리 뛰어가면 만날 수 있을 것 같은데?"

김윤찬이 몸을 돌려 발길을 옮기려 했다.

"아, 알았어요. 그냥 윤찬 쌤 편한 대로 해요."

윤이나가 마지못해 고개를 끄덕였다.

정말 마지못해서였을까?

그녀의 표정은 세상 그 누구보다 행복해 보였다.

"네! 당연히 제가 하고 싶은 대로 하죠. 내 맘대로 할 거야."

"……."

그런 모습에 윤이나가 배시시 웃을 뿐이었다.

"그나저나 선배! 이제부터 너라고 해도 돼요? 누가 뭐라고 하든 상관없는데?"

"네?"

김윤찬의 뜬금포에 당황한 기색이 역력한 윤이나였다.

"이제 우리 연인 사이니까 너라고 불러도 되는 거 아니에요?"

"아, 그게. 뭐, 그거야 윤찬 쌤 알아서 해요."

"하하하, 아뇨, 아뇨. 무슨 농담을 그렇게 다큐로 받아요. 그냥 농담이에요. 그 노래 가사 따라 해 봤어요. 미안!"

"어휴, 진짜 깜짝 놀랐잖아요! 나빴다."

"미안해요. 선배 웃게 해 주고 싶어서 궁리한 건데, 좀 어설펐네요."

김윤찬이 뒷머리를 긁적거리며 무안해했다.

"괜찮아요. 그나저나 진짜 의외네요. 윤찬 쌤이 이런 농담도 할 줄 알아요?"

한결 편해진 윤이나였다.

"뭐, 때에 따라서는요. 아무한테나 그러진 않아요."

"……혹시 꾼 아니에요?"

"좋아하는 사람 생기니까 이렇게 되던데요? 학교 때 미팅 나가도 말주변 없다고 욕먹고 눈치 없다고 차이고 그랬거든요."

"정말요?"

"네, 그런데 여자한테 이런 농담도 할 줄 알고…… 저 많이 컸네요."

"호호호. 그러게요. 저도 윤찬 쌤 이런 모습 처음 봐요."

"그게 언제더라? 학부 2학년 때던가? 미팅을 했는데, 브이
이아이피에스라고 했다가 완전 차였어요."

"네? 브이아이피에스요? 그게 뭔데요?"

윤이나가 고개를 갸웃거렸다.

"빕스……요."

김윤찬이 고개를 숙여 말끝을 흐렸다.

"네? 패밀리 레스토랑 빕스 말하는 거예요?"

"녜. 제가 촌놈이라 그걸 잘 몰랐거든요. 아이돌 그룹도
핫이라고 안 하고 에이치오티라고 하잖아요? 그래서 난 그
것도 그런 줄만 알았죠."

김윤찬이 무안한 듯 뒷머리를 긁적거렸다.

"호호호호, 정말요?"

"네, 근데 그 여자분이 바로 택시에서 내리던데요? 자기
집이 근처라고. 그게 말이 돼? 집이 성신여대야? 그때 성신
여대 앞을 지나가고 있었거든요."

"호호호. 어휴, 너무했다. 그럴 수도 있는 거지."

시들어 가는 꽃이 봄비를 맞아 생기를 되찾듯 이나의 표정
이 한결 밝아졌다.

"그렇죠? 솔직히 그럴 수도 있는 거지, 그걸 가지고 그렇
게 무안을 주나?"

"호호호. 저 다 나으면 우리 브이아이피에스 가요. 나 윤

찬 쌤이랑 거기 가고 싶어요."

"물론이죠! 드디어 그때의 설움을 날려 버리는 건가?"

"네네. 근데 자꾸 들어 보니까 빕스보다 브이아이피에스가 더 잘 어울리는 것 같은데요?"

"그래요?"

"네, 좋아요."

"하하하, 다행이네……. 그나저나 내가 선배한테 뭐 하나 물어봐도 돼요?"

"네, 말해요."

"음, 스쿠버다이빙은 언제부터 시작했어요?"

"아……. 그거요? 어떻게 알았어요?"

윤이나가 조금은 당황한 듯 말을 더듬었다.

"좀 전에 친구분들한테 들었어요. 봉사 활동을 같이하신다고 하던데."

"아! 얘들이 별 얘기를 다 했군요. 네, 한 6년 정도 된 것 같아요."

"난 처음 들은 것 같은데."

"뭐, 윤찬 쌤 우리 병원에서 인턴 마치고 딱히 만날 일이 없었으니까요."

"그렇군요. 얼마나 자주 바다에 나가신 거예요?"

"음, 스쿠버다이버 자격증 따고 나서는 한 달에 한두 번 정도요."

"최근에 엄청 자주 나가셨다고 하던데요?"

"앗! 그런 것까지 애들이 말했어요?"

"뭐, 그분들이 말했다기보단 제가 물어봤어요. 맞아요, 자주 나간 거?"

"……네에, 그냥 생각도 좀 복잡하고 바다 동물들도 너무 불쌍하고 해서, 쉬는 날은 꼬박꼬박 친구들이랑 갔어요."

공기도 색전의 원인이 될 수 있다! 수술 중에 정맥혈관을 타고 공기가 들어가 색전을 유발할 수 있으니까.

스쿠버다이버를 그렇게 오랫동안, 꾸준히 했다면 충분히 색전을 유발할 수 있다.

그랬구나, 원인은 바로 이거였어!

마침내 꼬인 실타래 같던 의문점이 풀리는 순간이었다.

"이나 선배."

"네?"

"앞으로 다시는 스쿠버다이버 하지 말아요. 내가 무슨 말을 하는지 알죠?"

"네? 아……. 정말 그거 때문에?"

윤이나 역시 이를 모를 리 없었다. 깜짝 놀란 윤이나가 눈동자를 깜박였다.

"네. 지금 이나 선배가 생각하고 있는 게 맞는 것 같아요."

됐다! 이제 원인을 파악했으니 그에 맞는 치료만 하면 된다.

윤이나를 바라보는 김윤찬의 얼굴에 화색이 돌았다.

김윤찬의 예상은 정확히 맞았다.

잦은 스쿠버다이빙으로 인해 혈관 내 공기 유입이 많아진 상태였고, 그로 인해 혈전이 생성되어 윤이나는 폐 색전증을 앓게 된 것.

병의 원인을 파악했으니, 이제 그 원인을 제거하고 집중 치료를 하면 큰 문제가 없으리라는 것이 김윤찬의 생각이었다.

그렇게 해서 시작된 윤이나의 치료. 하지만 김윤찬의 장밋빛 전망은 그리 오래가지 않았다.

흉부외과 및 호흡기내과 베테랑들이 붙어 집중 치료를 했음에도 불구하고, 윤이나의 상태는 호전되지 않고 있었다.

❤

고함 과장실.

"아니 수치들이 이게 다 뭐야? 왜 점점 안 좋아지는 건지 모르겠네? 이나가 생각보다 회복이 너무 더디잖아?"

상당 시일 집중 치료를 했지만, 윤이나의 회복 속도는 좀처럼 올라가지 못했다.

아니 오히려 조금씩 상태가 악화하고 있었다는 것이 더 정확한 표현이었다.

"네, 저도 답답합니다."

고함 과장보다 김윤찬의 표정이 더 난감했다.

"이쯤 되면 처음부터 다시 시작해야 하는 것 아냐? 지금이나 치료는 어떻게 하고 있는 건가? 호흡기내과에서는 뭐라고 해?"

"뭐, 그쪽도 우리랑 크게 다르진 않습니다. 일단 좀 더 지켜보자고 하시더라고요."

"누가?"

"호흡기내과 정 교수님하고 협진하고 있습니다. 일단 약물 치료를 하면서 경과를 지켜보다가, 폐 색전 제거술을 하려고 하고 있습니다."

"그건 그러네. 정 교수라면 허튼소리를 할 양반은 아니지. 정 교수가 그렇게 얘기했다면 맞을 거야."

"네, 저도 그렇게 생각하고 있습니다."

"할 수 없지, 뭐. 일단 혈전을 녹이는 데까지는 녹여 봐야지. 정 안 되면 수술을 하더라도 말이야."

"그렇습니다. 그 방법이 지금으로써는 최선의 방법 같습니다, 과장님!"

"아이고, 한 고비 넘겼다고 생각했는데 또 한 고비가 남았네. 아니, 왜 약을 쓰는데도 차도가 없는 거야? 보통 이 정도면 증세가 호전되지 않나? 30년 메스 잡는 동안 이런 케이스는 처음 보네?"

고함 과장이 답답한 듯 인상을 썼다.

"네, 보통의 환자라면 그렇죠. 보통의 환자라면."

"음, 지금 그 말은 보통의 환자가 아닐 수 있다는 말로 들린다?"

고함 과장이 한쪽 눈썹을 치켜떴다.

"통상적인 폐 색전증이라면 이 정도 약물로 치료되지 않는 케이스는 드무니까요. 아니, 케이스가 거의 없다고 보는 게 맞겠죠."

"어휴, 그러게 말이다. 그러니까 나도 답답해 죽겠다는 거 아니냐. 이나, 이 녀석아! 도대체 뭐가 잘못된 거냐? 아주 애가 타 죽겠다!"

쿵쿵쿵, 고함 과장이 안타까운 듯 자신의 가슴을 내리쳤다.

"너무 걱정하지 마십시오. 제가 반드시 원인을 찾아내도록 하겠습니다."

"그래, 당연히 그래야지. 네 여자니까 네가 책임져!"

"……."

김윤찬은 굳어진 표정으로 고함 과장실을 빠져나갔다.

도대체 어떻게 된 거야, 이나 선배!

윤이나 병실.

　"윤찬 씨, 얼굴이 많이 야위었어요. 밥은 챙겨 먹는 거예요?"

　김윤찬이 병실 안으로 들어가자 윤이나가 걱정이 되는지 물었다.

　"어휴, 지금 누가 누구를 걱정하는 건지 모르겠네. 난 괜찮으니까 선배 걱정이나 해요. 요즘 보니까 식사량이 줄었던데."

　"많이 먹는데?"

　"많이 먹긴요? 식사량 체크해 보니까 거의 새 모이 수준이던데?"

　"그런 것도 다 교수님이 직접 체크해요?"

　"당연하죠. 내가 체크 안 하면 누가 해요?"

　"풋!"

　윤이나가 손으로 입을 막고 웃었다.

　"어라? 지금 웃음이 나와요? 잘 먹어야 해요. 선배도 알잖아요. 선배 몸 상태에 맞춰 짠 식단이라는 거."

　"알았어요. 잘 챙겨 먹을게요. 그러니까 윤찬 씨도 맨날 컵라면 같은 거 먹지 말고 밥 먹어요. 의사는 밥심으로 사는 건데."

"아휴, 알았다고요. 난 괜찮으니까 선배나 잘 챙겨 먹어요."

김윤찬이 손을 내저으며 고개를 흔들었다.

"알았어요. 그나저나 이렇게 환자복을 입고 있으니까 참 이상해요."

"뭐가요?"

"의사로 살 땐 항상 환자들한테 '약해지면 안 된다, 마음 단단히 드셔야 한다.'라고 했었는데. 이제는 다들 저한테 그 말을 하잖아요. 고함 교수님도, 우리 삼촌도…… 그리고 윤찬 씨도."

어느새 윤이나의 얼굴에 그늘이 져 있었다.

"아니? 난 그런 말 한 적 없는데? 선배가 왜 맘을 단단히 먹어? 그냥 선배는 나한테 기대기만 해요. 내가 업고 뛰든 안고 뛰든 가는 데까지 갈 테니까."

"후후후, 나 많이 무거운데?"

"제발 좀 무거웠으면 좋겠네. 선배 한 개도 안 무겁거든요?"

"에이, 그럴 리가? 보기엔 이래 보여도 내가 숨겨진 살이 얼마나 많은데요? 저 은근 무거워요?"

"숨겨진 살? 그런 거 없던데?"

"네? 그, 그게 무슨 소리예요?"

깜짝 놀란 윤이나가 눈을 크게 떴다.

"선배, 하대정맥 필터 내가 했어요. 그때 다 봤거든?"

"어머, 어머. 정맥 필터, 고 교수님이 아니고 윤찬 씨가 한 거라고요?"

당황한 듯 윤이나가 입을 틀어막으며 눈을 깜박거렸다.

"당연하죠. 과장님이 네 여자는 네가 책임지라고 하던데요? 그래서 내가 한 건데 무슨 문제라도 있나요? 저 하대정맥 필터, 눈 감고도 해요."

"어휴, 진짜? 정말로 윤찬 씨가 집도한 거예요? 거짓말이죠?"

"거짓말 아닌데요? 허벅지에 점이 이만한 것도 있던데?"

김윤찬이 손가락으로 동그라미를 그려 보이며 놀렸다.

"악! 증말! 정말 봤나 보네? 그런 게 어딨어요?"

어느새 목 언저리부터 붉은 기운이 올라오는 윤이나였다.

그녀는 황급히 두 손으로 자신의 얼굴을 가렸다.

정말, 정말 예쁜 손이었는데…….

그 앙증맞은 손등에 어느새 수많은 링거 바늘 자국 산재해 있었다.

김윤찬이 그녀의 손을 물끄러미 내려다봤다.

"흠흠흠, 내가 뭐, 보고 싶어서 봤나? 시술하려면 어쩔 수 없이 보게 되는 거죠?"

"아! 진짜 나빴다. 그나저나…… 윤찬 씨."

잠시 웃으며 즐거워했던 그녀의 표정이 바뀌었다.

"왜요? 어디 불편한 데 있어요?"

"그게 아니라, 결국 스트렙토키나제(혈전 용해제)를 쓰는 단계까지 왔는데, 아직 별 차이가 없는 거 같아요. 맞죠?"

일반적으로 와파린 같은 경우는 이미 형성되어 버린 혈전을 제거하기 힘들기 때문에, 스트렙토키나제나 유로키나제 같은 혈전 용해제를 써야만 했다.

그 말은 지금 자신의 몸 상태가 전혀 개선되고 있지 않다는 뜻.

흉부외과는 아니지만, 그녀 역시 전문의이기에 그 정도 상식은 알고 있었다.

"음, 그건 좀 더 지켜봐요."

"알아요. 윤찬 씨가 알아서 잘하겠지. 하지만 좀 걱정이 돼요. 저, 색전술까지 가야 하는 건가요?"

조금은 겁을 먹은 표정의 윤이나였다.

"음……. 나 색전술이 전공이에요. 그까짓 색전술 그게 뭐 어렵다고?"

"결국 거기까지 가야 하는구나?"

윤이나가 힘없이 고개를 떨궜다.

"아니, 아니, 그게 아니라 만약을 대비하자는 거죠. 저 색전술 되게 잘해요. 고함 과장님도 색전술만큼은 내가 국내 최고라고 했는걸."

김윤찬이 상황을 모면하고자 부단히 애를 쓰고 있었다.

"정말? 윤찬 씨가 그렇게 잘해요?"

"그럼요! 그러니까 아무 걱정 말고 맘 편히 가져요. 그 짐은 내가 다 짊어질 거니까."

"윤찬 씨⋯⋯."

"그리고 이제부터는 내 이름 뒤에 씨 자 좀 빼 줘요. 너무 어색해서 죽겠어요."

"알았어요, 윤찬 씨!"

"또 그런다? 하여간 다음에 올 때는 나도 선배라는 호칭 안 쓸 거니까 씨 자 꼭 빼요, 알았죠?"

"아, 알았어요. 그럴게."

"그래요. 오늘은 좀 쉬어요. 내일 또 올 테니까."

"네에."

김윤찬이 윤이나를 침대에 눕히고는 이불을 덮어 주었다.

김윤찬 교수실.

윤이나 병실을 다녀온 김윤찬. 오후 진료를 마치고 자신의 연구실로 돌아왔다.

이미 시계는 자정을 가리키고 있었지만, 김윤찬은 퇴근할 생각이 없는 듯했다.

이대로 계속해서 스트렙토키나제를 쓸 수는 없어.

김윤찬이 윤이나 차트를 넘겨 보며 심각한 표정을 지었다.

스트렙토키나제의 가장 큰 부작용은 뇌출혈.

실제로 부작용이 발생할 가능성은 1% 정도에 불과하지만, 윤이나의 경우는 사정이 좀 다르다. 뇌혈관 자체가 워낙 약해 그 위험성이 훨씬 높았기 때문이다.

그렇다고 함부로 색전술을 할 수도 없다.

색전술을 받기에는 윤이나의 몸 상태가 너무 좋지 않았다.

김윤찬은 몇 날 며칠 동안 밤을 새우며 수없이 많은 논문을 찾아봤지만, 윤이나와 같은 케이스는 없었다.

도대체 왜?

사랑하는 사람의 병세가 악화되는 것을 속수무책으로 지켜봐야 하는 김윤찬.

그는 자신의 머리카락을 쥐어뜯으며 괴로워하고 있었다.

"퇴근 안 하냐?"

그 순간, 이택진이 한 손에 검은색 비닐봉지를 든 채 김윤찬의 방으로 들어왔다.

"어? 아, 아직. 할 일이 좀 남아서. 그나저나 넌 왜 퇴근 안 했어?"

"퇴근하려다 보니까 네 방 불이 켜져 있더라. 그래서 올라왔지. 이거나 한잔하려고!"

이택진이 손에 든 비닐봉지를 들어 올렸다.

"그게 뭔데?"

"캔 맥주 몇 개 사 왔다. 마실 거지?"

"하아, 그래. 오늘 같은 날은 술이라도 마셔야지 살지, 도 저히 괴로워서 못 살겠다. 하나 이리 줘 봐."

그렇게 두 사람은 주거니 받거니 캔 맥주 몇 캔을 게 눈 감 추듯 마셔 버렸다.

잠시 후.

"이나 선배는 좀 어때?"

벌컥벌컥, 이택진이 캔 맥주를 마시며 물었다.

"안 좋아."

발그스레해진 김윤찬의 표정이 어두웠다.

"혈전이 안 잡히는 거야?"

"그거도 그거지만 여러 가지 컴플리케이션(합병증)이 우려 돼. 가뜩이나 체력도 약한 여잔데."

"도대체 왜 그러는 거야? 이런 케이스가 있나??"

"아니, 없어. 적어도 우리나라에는."

"답답하네, 진짜! 그래서 어떻게 할 작정인데?"

"뭐, 약으로도 안 잡히면 메스를 대야겠지."

"너, 할 수 있겠냐? 솔직히 가족이나 지인 몸에는 메스 안 대는 게 이 바닥 국룰 아니냐?"

아니, 이나는 반드시 내가 살려.

　"이나 선배가 나 같은 모지리를 오랫동안 지켜봐 줬어. 그에 대한 보답은 내 손으로 이나 선배 살리는 거야."

　"새끼, 너 이나 선배 많이 좋아하는구나?"

　이택진이 피식거렸다.

　"좋은 여자야. 지금까지 난 그걸 몰랐을 뿐이고."

　"그래그래. 이나 선배 좋다는 놈팡이들이 어디 한둘이었냐? 그 뭐냐, 효진그룹 막내아들 새끼도 이나 선배한테 들이댔다가 차였잖아?"

　"그런 건 관심 없어."

　"그러니까 인마, 너 복 받은 줄 알라고. 아무튼 내가 도울수 있는 게 있으면 언제든지 말해. 나도 힘닿는 데까지 도우마."

　"그래, 고맙다."

　"퇴근 안 할 거야?"

　"어. 아무래도 오늘은 여기에 있어야 할 것 같아."

　"하아, 네 건강도 챙겨라. 네가 책임져야 할 환자는 이나선배뿐만이 아냐."

　"그래, 알았다."

　"고생하고……. 아, 맞다! 윤찬아! 너 찬우 선배 소식 들었냐?"

　"찬우 선배라면, 우리 학교 선배 말하는 거야?"

"그래, 방구쟁이 정찬우 선배!"

"어, 자세히는 모르고, 윤정대병원에서 근무하는 거로 아는데?"

"찬우 선배 완전 눈탱이 맞았어."

"눈탱이를 맞아? 그게 무슨 소리야?"

"의료사고 소송에 연루돼서 곤혹을 치르고 있나 보더라. 단순 브롱코타이티스(기관지염)를 폐암 전이로 오진했나 봐. 환자 측에서 대형 로펌을 끼고 소송을 한다고 하더라고."

"그래?"

"어어. 솔직히 폐 쪽만 해도 단순 결절부터 시작해서 암까지 유사한 사례가 좀 많냐? 진짜 이런 거 보면 과를 선택해도 정말 거지 같은 과를 선택한 게 맞아. 유사한 병이 좀 많아야지? 솔직히 폐 쪽은 대표적인 대증적인 증세가 호흡곤란에 부종 아니냐. 근데 호흡곤란에 부종이 어디 폐 문제뿐이야?"

"……."

"남들은 기관지염을 폐암으로 진단했다고 하면 돌팔이네 뭐네 욕하지만, 솔직히 헷갈릴 때가 한두 번도 아니야. 게다가 유전적으로 문제가 있다면 이건 찾아내는 것 자체가 불가능한 거 아니냐? 내가 뭐, 미드에 나오는 하우스 박사도 아니고. 어휴……. 아무튼, 난 이만 들어간다. 내일 수술 스케줄 있어."

"어어, 그래 들어가."

"그래, 간다. 아, 너도 찬우 선배한테 전화라도 한번 해라. 그래도 우리 학교 다닐 때, 찬우 선배가 많이 챙겨 줬잖아?"

"그래, 알았다. 들어가."

"그래! 욕봐라."

그렇게 이택진이 손을 흔들며 밖으로 나갔다.

잠시 후.

하아, 찬우 선배가 의료 소송에 걸리다니……. 기관지염을 폐암으로 오진했다는 건, 기관지 전체를 날려 먹었다는 건데, 이렇게 되면 정말 쉽지 않겠네.

쓰읍, 좀 더 면밀하게 살펴봐야 했던 건데 말이야. 기관지 확장증만 해도 5~10% 정도는 열성유전……. 자, 잠깐 열성 유전??

갑자기 자리에서 벌떡 일어나는 김윤찬.

뭔가 생각나는 것이 있는지 주머니에서 핸드폰을 꺼내 들었다.

띠띠띠띠.

"이기석 교수님! 접니다."

김윤찬이 전화를 건 사람은 미국에 가 있는 이기석 교수였다.

ㅡ어, 김 교수! 무슨 일이에요? 지금 한국은 새벽 아닌가?

"아, 네. 교수님한테 여쭤볼 말이 있어서요."

조금은 상기된 표정으로 김윤찬이 말했다.

-그래요. 무슨 일인지 모르겠지만, 숨 좀 돌리고 말해요. 그러다가 숨넘어가겠어요.

"아, 네. 죄송합니다. 교수님! ATTR-PT에 대해서 좀 여쭤보려 하는데요?"

ATTR-PT란 트랜스티레틴 아밀로이드 펄머너리 트롬보엠볼리즘의 약어였다. 쉽게 말하면 유전성 폐색전증이란 뜻이었다.

ATTR-PT는 희귀병 중에서도 초희귀병으로, 지금으로부터도 미래인 2020년을 기준으로도 국내에 얼마나 많은 환자가 있는지 파악조차 힘든 유전병이었다.

현시점에선 그 병의 이름조차 알고 있는 사람은 거의 없었고, 미국의 존스홉킨스 정도에서 치료와 함께 신약을 개발하고 있는 중이었다.

-김윤찬 교수, 지금 ATTR-PT라고 했습니까?

따라서 자신도 일부 정보만 가지고 있는 병에 대해서 김윤찬이 언급하니 그의 입장에선 놀라지 않을 수 없었다.

"네. 그렇습니다. ATTR-PT가 부계 유전이 맞습니까?"

-음, 네. 결론부터 말씀드리자면 그렇습니다.

"ATTR-PT는 블러드 내에서 정상적으로 순환하는 운반단백질, 트랜스티레틴이 자리를 잘못 잡아 접힌 단위체로 세

그리게이션(분리)되기 때문에 혈관 속에 쌓여 혈전을 유도한 것 맞습니까?"

–와우! ATTR-PT를 김윤찬 교수가 아는 것도 신기한데, 기전까지 꿰고 있는 겁니까? 어떻게 이런 일이 있을 수 있을까요?

"그 말씀은 제 얘기가 맞다는 거군요."

–네, 그래요. 김윤찬 교수의 설명에 첨언을 하자면 ATTR-PT 환자의 경우, 체내에 아밀로이드가 어큐밀레이션(축적)되면서 급속도로 상태가 나빠질 수가 있죠. 따라서 이 병을 진단받은 후로 생존 기간은 대략 2년 전후인 걸로 알고 있어요. 가장 두드러진 특징 중에 하나는……

"혈전 용해제. 혈액응고방지제 같은 약들이 전혀 효과가 없다는 거겠죠."

–그래요. 맞습니다. 그런데 김윤찬 교수가 어떻게 그걸 아신 겁니까?

"우리 병원에 ATTR-PT 의심 환자가 있습니다."

–네? 연희에요?

"그렇습니다. 그것도 우리와 가까운 사람입니다."

–가까운 사람? 누구요?

"이상종 교수님의 조카, 윤이나 교수입니다. 지금 우리 병원에 입원해 있어요."

–네? 윤이나 교수가요?

"그렇습니다. 교수님!"

―가만, 그나저나 연희에서 ATTR-PT를 진단할 방법이 전혀 없을 텐데?

"그래서 교수님께 연락을 드린 겁니다. 제가 윤이나 교수의 유전자와 혈액 샘플을 보내 드릴 테니, 교수님께서 검사를 좀 해 주실 수 있겠습니까?"

―그거야 뭐 어려운 일은 아닌데, 만약에 윤이나 교수가 ATTR-PT가 맞다면 어떻게 하시려고요? 연희는 물론이고 한국에선 아직 표준 치료법이 없는 상태인데?

"음, 존스홉킨스에서 치료법을 개발하고 있는 것으로 압니다. 그 치료법을 이용하고 싶습니다."

―한국에서 말이요?

"그렇습니다. 힘드신 건 알지만 그래서 교수님의 도움이 절실히 필요합니다. 부탁드립니다. 교수님!"

―음, 내가 쉽게 결정할 일은 아닌 것 같군요. 내가 좀 더 알아볼 테니, 일단 샘플부터 보내 보세요. 검사부터 하고 나서 봅시다.

"네. 알겠습니다. 특급 배송으로 바로 보내 드리도록 하겠습니다."

―그래요. 하아, ATTR-PT라……. 이거 간단히 볼 문제가 아니군요.

수화기를 통해 흘러나오는 이기석 교수의 목소리가 심각

했다.

♥

윤이나 병실.

"이나 선배, 외람되지만 제가 뭐 하나만 물어봐도 될까요?"

"네, 그래요."

"그, 아버님이 병환으로 돌아가셨다고 했죠?"

"네. 뇌출혈로 돌아가셨어요."

뇌출혈이라면 폐색전증의 합병증이다!

"사인은 밝혀졌습니까?"

"서버래크노이드 헤머리지(지주막하출혈)인데, 문제는 혈전이었어요. 혈전이 뇌로 가는 바람에……."

혈전에 의한 지주막하출혈? 그렇다면…… 거의 확실해진다.

윤이나의 아버지는 ATTR-PT일 가능성이 높아.

"기억하시기 괴롭겠지만 혹시, 조부님께서는 어떻게 작고하신지 아십니까?"

"할아버지도 뇌출혈이셨어요. 주무시다가 돌아가신 걸로 알아요. 그런데 왜요?"

"아, 아니에요. 아무것도."

윤이나가 불안한 듯 묻자 김윤찬이 고개를 내저었다.

"음, 제가 알고 있는 상식선에선 폐색전증이 유전이라는 말은 들어 보지 못했는데……."

"네네. 맞아요. 그런 게 아니라 제가 요즘 혈전에 의한 뇌, 심장 합병증에 관한 논문을 준비하고 있어서요. 이상종 교수님께 선배 부친에 관한 사연을 들었던 기억이 나서 여쭤봤어요."

"네에. 지금이야 혈전이 브레인으로 전이되는 걸 막아 낼 수 있었지만, 당시만 해도 그게 쉽지 않았던 것 같아요. 그래서 아빠가……."

아픈 옛일을 떠올리자 윤이나가 두 눈을 질끈 감았다.

"미안해요. 제가 괜한 걸 여쭤본 것 같아요."

"아니에요. 괜찮아요. 윤찬 씨 논문에 도움이 된다면, 좀 더 자세히 설명을……."

"아우, 아니에요. 그럴 필요까지는 없어요!"

조부에 이은 부친의 뇌출혈.

그 원인은 특발성 혈전일 확률이 높고, 지금 이나 역시 이와 유사한 증세를 보이고 있다.

그렇다면 거의 확실하다!

이나는 ATTR-PT가 틀림없어! 하루라도 빨리 치료를 해야 한다! 빨리!

그렇게 김윤찬은 윤이나의 혈액과 유전자를 채취해 미국의 존스홉킨스 연구실로 보냈다.

띠리리리, 띠리리리.
그리고 일주일 후.
존스홉킨스의 이기석 교수로부터 연락이 왔다.
잔뜩 긴장된 표정을 핸드폰을 꺼내 드는 김윤찬.
손바닥에 땀이 배는지 손바닥을 바짓단에 문지른 후, 통화 버튼을 눌렀다.
"……."
–김윤찬 교수?
"교수님, 검사 결과는 어떻게 나왔습니까?"
잔뜩 긴장한 김윤찬의 목소리였다.
–음, 불행히도 김윤찬 교수의 생각이 맞은 것 같군요. 윤이나 교수는 ATTR–PT가 맞습니다.
철렁!
예상은 하고 있었지만, 김윤찬이 받는 데미지는 상상 이상이었다.
달그락, 김윤찬의 손에서 핸드폰이 미끄러지듯 빠져나와 바닥에 떨어지고 말았다.

-김 교수! 무슨 일입니까?

"……."

-김 교수! 김 교수! 괜찮은 겁니까?

꿀꺽, 마른침을 삼켜 넘기는 김윤찬.

천천히 호흡을 가다듬은 그가 핸드폰을 주워 들었다.

"네, 교수님. 마, 말씀하십시오."

-이제 어떻게 할 생각입니까? 한국에서는 치료가 불가능한데.

"제가 부탁드린 건……."

불안한 듯 김윤찬이 말끝을 흐렸다.

-결론부터 말씀드리겠습니다. 존스홉킨스 보드진에서 허락할 수 없다는 연락을 받았습니다.

"네?? 그, 그게 무슨 말씀이십니까?"

이기석 교수의 말은 윤이나가 ATTR-PT에 걸린 것보다 더 큰 충격이었다.

-이 안건으로 존스홉킨스 이사진이 모였고, 저도 마틴 교수와 함께 참가해 설득해 보려 했지만 실패했어요. 보드진의 반발이 너무 심합니다. 특급 보안과 관련된 일이라……. 미안해요, 김 교수!

"아, 안 되는데……. 이건 정말 안 되는데……."

힘겹게 수화기를 들고 있던 김윤찬의 손이 마구 흔들렸다.

—미안합니다. 현재로써는 가능성이 없어요. 방법이 없을 것 같군요.

"자, 잠깐만요! 교수님! 만약에 저와 이나 선배가 같이 미국으로 들어가면 어떻겠습니까? 저는 신약 프로젝트에 참가하고 이나 선배는 임상 실험 대상자가 되면 가능하지 않겠습니까?"

—김 교수가요?

"네, 그렇습니다. 일전에 마틴 교수님을 만났을 때 뭐든 원하는 게 있으면 한 가지 소원은 들어주신다고 했습니다. 저를 ATTR-PT 신약 프로젝트에 참여할 수 있도록 설득해 주십시오. 제발!"

—음……. 좋습니다. 마틴 교수님과 진지하게 상의해 보도록 하겠습니다. 하지만 너무 큰 기대는 하지 말아요.

"교수님! 안 됩니다. 꼭! 제발 성사시켜 주십시오. 이나 선배 이대로 놔둘 순 없어요."

김윤찬이 절규하듯 소리쳤다.

—네에, 그래요. 아무튼 저도 최선을 다해 볼 테니, 조금만 기다려 봐요.

"네. 부탁합니다, 교수님! 제발 부탁드려요."

김윤찬이 두 손을 모아 간곡히 부탁했다.

그날 밤, 윤이나 병실.

극심한 불면증에 시달리는 윤이나.

그녀는 수면유도제를 복용하고 간신히 잠이 들어 있었다.

조심스럽게 문을 열고 들어오는 김윤찬.

침상 맡으로 다가가 물끄러미 그녀의 얼굴을 바라보았다. 이 세상에서 가장 아련한 눈빛으로.

멍하니 서서 한참을 서 있는 그.

조심스럽게 그녀의 손을 잡아보았다.

우리 같이 힘내요. 선배는 내가 꼭 살릴 거야. 무슨 일이 있어도…….

김윤찬이 살포시 잡았던 그녀의 손을 풀어 이불 속으로 집어넣어 주었다.

그리고 일주일 후, 또다시 이기석 교수로부터 연락이 왔다.

"교수님, 어떻게 됐습니까?"

핸드폰이 울리자마자 번개같이 통화 버튼을 누르는 김윤찬.

—마음이 급할 테니 결론부터 말씀드릴게요. 존스홉킨스 이사회에서 최종 승인이 났습니다. 김윤찬 교수의 제안을 받아들이기로 했어요!

"저, 정말입니까?"

뛸 듯이 기뻐하는 김윤찬.

－네. 그렇습니다.

"정말, 정말 고생 많으셨습니다. 감사합니다, 감사합니다! 교수님!"

－난 별로 한 게 없어요. 마틴 교수가 애를 썼지. 미국에 들어오면 마틴 교수님부터 찾아뵈세요. 마틴 교수가 그 정도로 김 교수를 아끼는지는 몰랐습니다.

"네. 당연히 그렇게 하겠습니다."

－아, 다만 조건이 있어요.

"조건이요? 그게 뭡니까?"

김윤찬이 불안한 듯 물었다.

－이번 신약 프로젝트 참여는 물론이고, 향후 이곳에서 5년간 근무하는 조건입니다. 세부 계약 내용은 제가 메일로 첨부해 보냈으니 살펴보세요.

"5년이요?"

－네. 그게 이사회에서 내린 결론입니다. 물론, 그 5년간 김윤찬 교수가 넘어야 할 허들은 각오하셔야 할 것이고요. 한국에서와는 또 다른 벽참이 있을 겁니다.

"네. 그 정도 각오도 없이 미국으로 건너갈 생각은 아니었습니다. 미국으로 건너가 지금보다 더 치열하게 배우고 익히도록 하겠습니다."

－그래요. 반가운 일이에요. 어차피 올 거면 이참에 빨리

들어오는 게 김윤찬 교수한테 더 좋은 일이죠.

"……."

–아무튼, 서류상의 문제는 나와 고함 과장님이 알아서 처리할 테니, 아무 걱정 마세요.

"고함 교수님요?"

–당연하죠. 이 일을 상의할 만한 사람이 고함 과장님 말고 누가 있겠습니까? 막상 떠나려니 고함 교수님이 맘에 걸리시죠?

"네. 다른 건 모르겠고 딱 그거 하나가 걸립니다, 교수님."

–괜찮을 겁니다. 이 세상에 고함 교수님처럼 강하신 분이 또 어디 있겠습니까? 잘 이겨 내실 겁니다.

"강하시면서도 한편으론 한없이 여리신 분이시죠."

–그래요. 섭섭한 마음이야 충분히 이해되지만 지금은 선택의 여지가 없지 않습니까?

"네. 맞습니다. 제가 고함 교수님을 찾아뵙고 말씀드리겠습니다."

–네. 이미 대충의 상황은 파악하고 계시니까 큰 충격은 없으실 겁니다. 그만한 일로 약해지실 분도 아니고.

"네, 알겠습니다."

고함 과장실.

지금까지 봐 왔던 표정 중에 가장 심각한 표정을 짓고 있는 고함 과장.

그 앞에 김윤찬이 무표정한 얼굴로 앉아 있었다.

그렇게 한참 동안 침묵이 흘렀고, 고함 과장이 먼저 굳게 닫혀 있던 말문을 열었다.

"며칠 전에 이기석 교수한테 연락이 왔더구나."

이기석 교수가 고함 과장에게 작금의 상황을 설명한 모양이었다.

"네, 교수님."

"확실히 결심한 거냐?"

"네. 그렇습니다."

"당분간 한국에 못 돌아올 수도 있다. 그래도 정말 괜찮겠냐?"

"네. 다른 건 아무렇지 않은데, 교수님을 혼자 두고 가는 게 마음에 걸립니다."

"헐, 고양이 쥐 생각하고 있네. 내가 무슨 독거노인이냐? 나 알아서 밥 잘 먹고 잘 싸고 하니까, 그런 가당찮은 소리는 하지도 마."

"후후, 네. 교수님."

"그래. 네놈 고집에 내가 가지 말라고 붙잡는다고 붙잡히겠냐? 뭐, 어떻게 보면 잘된 일이야. 좀 더 큰물에 가서 많이 배워 오면 좋지. 어차피 이 교수가 널 데리고 가려고 했잖아?"

"네네. 전 그 기일이 조금 앞당겨진 것이라고 생각합니다."

"그래. 잘된 일이야. 그렇지 않아도 내가 품기에 넌 너무 커 버렸다. 내가 감당이 안 돼!"

"아뇨. 그런 게 아닙니다."

"아니긴? 장강의 뒷 물이 앞 물을 밀어내는 건 자연의 섭리야. 이제 나도 몸이 옛날 같지가 않아."

"아닙니다. 교수님은 여전히 우리나라 최고의 흉부외과 써전이십니다. 저를 위해서라도 후배들을 위해서라도 굳건히 지켜 주셔야 합니다. 최소한 제가 돌아올 때까지는요."

"후후후, 돌아는 올 생각인가 보지?"

"네. 그렇습니다. 반드시 돌아오겠습니다. 아직 전 해야 할 일이 많습니다. 이곳 연희에서!"

"그래그래. 내 못다 한 꿈을 네놈이 이어 가야지. 자식새끼 군대 보내는 기분이 뭔가 했더니, 바로 이런 거구나. 윤찬아! 잘 다녀오거라."

와락!

고함 과장이 일어나 김윤찬을 뜨겁게 안아 주었다.

"네. 교수님! 그동안 건강하십시오!"

뜨겁게 포옹하는 두 사람.

그렇게 두 사람은 5년 후를 기약할 수밖에 없었다.

대한민국 최고의 병원 연희세바스찬병원!
잠시만 기다려라!
반드시 다시 돌아올 것이다.

다음 권으로 이어집니다

황태자는 은퇴가 하고 싶습니다

로튼애플 퓨전 판타지 장편소설

황제가…… 과로사?
이번 생은 절대로 편하게 산다!

31세에 요절한 황제 카리엘
개같이 구르며 제국을 지킨 대가는
역사상 최악의 황제라는 오명?
싹 다 무시하고 안식에 들어가려 했더니……

"다시 한번 해 볼래? 회귀시켜 줄게."
"응, 안 해."
"이번엔 욜로 라이프를 즐겨 보면 어때?"

사기꾼 같은 신에게 속아 회귀하게 된 카리엘
즐기며 편히 살기 위해서는
황태자 자리에서 먼저 내려와야 하는데……

제국민의 지지도는 계속 오른다?
황태자의 은퇴 계획, 과연 성공할 수 있을까?

엑스트라 책사의 로열로드

mensol 퓨전 판타지 장편소설

『회귀자의 그랜드슬램』의 mensol 무과금의 신을 소환하다!

실력 게임을 무과금으로 돌파하던 레전드 유저
게임 속 똥개 조연에게 빙의되다!
신묘한 계책으로 배신당해 파멸하는 결말을 피하라!

한미한 남작 가문 사남 알스
인공지능과 겨루던 체스 실력
전략 게임으로 다져진 기기묘묘한 책략
히든 피스로 얻은 무력으로
대륙을 평정하다!

**삼국지를 연상케 하는 디테일한 전략!
피 끓는 전장의 광기가 폭발한다!**

우리 교황님 좀 말려 주세요

판미손 퓨전 판타지 장편소설

비정상 교황님의
듣도 보도 못한 전도(물리) 프로젝트!

이세계의 신에게 강제로 납치(?)당한 김시우
차원 '에덴'에서 10년간 온갖 고생은 다 하고
겨우 교황이 되어 고향으로 귀환했건만……

경고! 90일 이내 목표 신도 숫자를 달성하지 못할 시
당신의 시스템이 초기화됩니다!

퀘스트를 달성하지 못하면 능력치가 도로 0이 된다고?
그 개고생, 두 번은 못 하지!

"좋은 말씀 전하러 왔습니다, 형제님^^"

※주의※ 사이비 아닙니다, 오해하지 마세요!

꿈의 도약, 로크에서 하십시오
(주)로크미디어에서 신인 작가를 모십니다

즐거운 세상, 로크미디어는 꿈을 사랑하고 도전을 두려워하지 않는 작가 분들의 참신한 작품을 기다리고 있습니다. 21세기 장르 문학계를 이끌어 갈 차세대 선두 주자 (주)로크미디어에서 여러분의 나래를 활짝 펴 보시길 바랍니다.

모집 분야 판타지와 무협을 포함한 장르 문학
모집 대상 아마추어 작가, 인터넷 작가
모집 기한 수시 모집
    작품 접수 시 유의 사항
     1. 파일명은 작가명_작품명.hwp형식을 갖춰 주십시오.
     1. 파일에 들어갈 내용은 다음과 같습니다.
       – 성명(필명인 경우 실명을 밝혀 주세요), 연락처, 이메일 주소
       – 제목, 기획 의도
       – A4용지 1장 분량의 등장인물 소개
       – A4용지 2장 분량의 전체 줄거리
       – 본문
     1. 작품이 인터넷에 연재되고 있다면, 게시판명과 사이트의 구체적이고 정확한 주소를 기재해 주십시오.

선택된 작품은 정식 계약 후 출판물로 간행되어 전국 서점에 유통됩니다.
작가 분은 (주)로크미디어의 전폭적인 지원하에 전속 작가로 활동하시게 됩니다.
※ 자세한 내용은 로크미디어 홈페이지(rokmedia.com)를 참조하세요.

(04167)서울시 마포구 마포대로 45 일진빌딩 6층
(주)로크미디어 편집부 신간 기획 담당자 앞
전화 : 02) 3273 – 5135
www.rokmedia.com   이메일 : rokmedia@empas.com

One for all
원포올

일라잇 스포츠 장편소설

**작렬하는 슛, 대지를 가르는 패스
한계를 모르는 도전이 시작된다!**

축구 선수의 꿈을 품은 이강연
냉혹한 현실에 부딪혀 방황하던 중
운명과도 같은 소리가 귓가에 들어오는데……

당신의 재능을 발굴하겠습니다!
세계로 뻗어 나갈 최고의 축구 선수를 키우는
'One For All' 프로젝트에, 지금 바로 참가하세요!

단 한 번의 기회를 잡기 위해
피지컬 만렙, 넘치는 재능을 가진 경쟁자들과
최고의 자리를 두고 한판 승부를 벌인다!

**실력만이 모든 것을 증명하는
거친 그라운드에서 당당히 살아남아라!**

기갑천마

거짓이슬 퓨전 판타지 장편소설

종말을 막지 못한 절대자
복수의 기회를 얻다!

무림을 침략한 마수와의 운명을 건 쟁투
그 마지막 싸움에서 눈감은 무림의 천하제일인, 천휘
종말을 앞둔 중원이 아닌 새로운 세상에서 눈을 뜨는데……

"천휘든 단테든, 본좌는 본좌이니라."

이제는 백월신교의 마지막 교주가 아닌 평민 훈련병, 단테
그럼에도 오로지 마수의 숨통을 끊기 위해
절대자의 일 보를 다시금 내딛다!

에이스 기갑 파일럿 단테
마도 공학의 결정체, 나이트 프레임에 올라
마수들을 처단하고 세상을 구원하라!